Écrivain, aviateur et marin, Patrice Franceschi partage sa vie entre écriture et aventure. Il est l'auteur de nombreux récits, romans ou essais, dont *Mourir pour Kobané* et *Première personne du singulier*, pour lequel il a reçu le prix Goncourt de la nouvelle en 2015.

DU MÊME AUTEUR

Romans

Un capitaine sans importance – Robert Laffont, Points
L'Homme de Verdigi – Robert Laffont, Points
La Dernière Manche – Ramsay, Points
Il est minuit, monsieur K – Points
Après le temps – Grasset – à paraître

Nouvelles

Première personne du singulier – Points (Prix Goncourt de la nouvelle)
Le Chemin de la mer – Grasset
Dernières nouvelles du futur – Grasset, Points

Poésie

Bourlinguer – Paragraphes littéraires de Paris
Aventures et voyages – Paragraphes littéraires de Paris
Au long cours – Éditions Saint-Germain-des-Prés
Éphémérides – Grasset – à paraître

Essais

Guerre en Afghanistan – La Table ronde
De l'esprit d'aventure (avec G. Chaliand et J.C. Guilbert) – Arthaud, Points
Le Regard du singe (avec G. Chaliand et S. Mousset) – Points
Combattre ! – Éditions de La Martinière
L'Aventure, pour quoi faire ? (collectif) – Points
L'Aventure, le choix d'une vie (collectif) – Points
Éthique du Samouraï moderne – Grasset
Dictionnaire amoureux de la Corse – Plon – à paraître

(Suite en fin d'ouvrage)

Patrice Franceschi

DERNIÈRES NOUVELLES DU FUTUR

Quatorze fables sur le monde à venir

Bernard Grasset

TEXTE INTÉGRAL

ISBN 978-2-7578-7443-1
(ISBN 978-2-246-81503-7, 1re publication)

Pour Léna Sarah et Orso Matéo

En ce début de XXIe siècle, une seule question vaut pour les consciences éveillées : que va devenir l'Homme ? À l'heure du transhumanisme, de la guerre mondialisée, de la société de surveillance généralisée, des crimes de masse, de la production industrielle de l'insignifiance, ou de la fin de la vie privée, Orwell et Huxley ne sont jamais très loin ; l'ancienne vision de l'humanisme que l'on pouvait croire universelle par sa bienveillance et son ouverture est attaquée de toutes parts. Les héros de ces fables – dramatiques, loufoques ou surréalistes – nous donnent à voir le monde futur tel qu'il risquerait d'être si nous le laissions aller de lui-même. Dans ce livre, tout est vrai. Ou pourrait le devenir.

Ces quatorze nouvelles formant une seule et même histoire, elles ne peuvent être lues séparément sans rompre le fil du récit général.

Une journée de Dag Petersson

Pour Julia

Dag Petersson fut tiré de son sommeil par la sonnerie du réveil posé sur sa table de chevet : six heures. Il arrêta l'appareil d'une main lasse, alluma, et contempla l'œil de la caméra fixée au plafond de sa chambre. Son cœur s'emballa : c'était le jour J, le jour le plus dangereux de sa paisible existence, et il n'était plus tout à fait certain de réussir la mission qu'il s'était assignée un an plus tôt. Mais il devait aller au bout des choses – sinon, à quoi bon continuer de vivre…

Il hésita à sortir de son lit devant la perspective de ce qui l'attendait et décida de profiter des cinq minutes de tranquillité dont il disposait encore : sa compagnie d'assurances n'était en rien concernée par l'heure à laquelle il commençait sa journée et les organismes de santé ne s'alarmeraient pas avant un bon moment de son immobilité – il était jeune et sa fiche de médecine prédictive n'indiquait aucun incident grave avant l'âge de quarante-quatre ans : un ulcère à l'estomac et une légère tendance à l'embonpoint. Naturellement, s'il tardait trop à se lever, son chef de service l'appellerait pour lui éviter tout retard, mais ce serait sans conséquence grave ; ce genre de chose arrivait à tout le monde. En revanche, les services de sécurité se demanderaient bientôt pourquoi il restait allongé sans occupation précise alors qu'il était manifestement réveillé. L'algorithme AC1862 l'avait vu arrêter la sonnerie du réveil et Dag Petersson connaissait ses réactions : s'il ne bougeait pas, AC1862 ferait défiler avant cinq minutes les images comparatives de ses réveils des mois passés pour déceler une éventuelle anomalie de comportement et cette journée essentielle risquait de mal commencer. Cet algorithme ne présentait aucune faille dans son système de contrôle malgré les cent millions de consommateurs du grand Stockholm qu'il observait en même temps – et il ne plaisantait jamais. Par chance, son contrôleur humain, un certain Nils Anderson, en poste jusqu'au 14 septembre 2058, était un fonctionnaire sans le moindre zèle, même lorsque l'algorithme lui signalait des cas non conformes. Dag Petersson avait maintes fois collaboré avec ce garçon falot pour la maintenance des caméras du Secteur B dont lui-même avait la charge : il pouvait compter sur sa négligence.

Cependant, il préféra se lever sans attendre ; il ne fallait forcer ni la chance ni le destin. Surtout maintenant… Il enfila un peignoir et se dirigea vers la cuisine le plus normalement possible, repassant dans sa tête les moindres détails de son opération ; il l'avait minutieusement mise au point pendant huit mois mais la dernière partie présentait de très hauts risques. Aucune erreur n'était permise, tout pouvait arriver – et il était seul, absolument seul.

Le cœur battant, il prit un rapide café face à la caméra placée au-dessus du réfrigérateur et ne put s'empêcher de songer une fois de plus – et toujours avec la même rage rentrée – à l'épouvantable secret qu'il avait découvert l'année précédente par le plus grand des hasards. Un matin, sans préavis et sans explication, son directeur l'avait détaché au service des archives nationales pour aider à leur transfert informatique vers le bureau de la sécurité générale des Nations Unies Universelles ; il était monté dans le train de Göteborg sans se douter de rien, prenant cette affectation provisoire comme à peu près tout ce qui venait troubler son existence : sans joie ni peine.

Il avait débuté son travail dans la routine habituelle de ce genre d'affaire ; des millions de dossiers inconnus étaient passés entre ses mains avant de disparaître dans la gueule de Moloch du bureau de la sécurité générale ; et puis une panne était survenue dans la batterie d'ordinateurs dont il avait la charge. Il avait pesté devant ce contretemps qui allait le mobiliser une nuit entière ; mais ainsi était la vie.

Aux alentours de minuit, il avait été contraint d'ouvrir un fichier corrompu pour remettre en marche son système – et il était tombé par mégarde sur un autre fichier, caché derrière un palimpseste. Quelque chose d'incroyable qui avait fait naître en lui un trouble absolu : ce fichier contenait le rapport détaillé d'une commission d'enquête parlementaire du nom de « Kempe », datant de 2029. Deux choses l'avaient aussitôt frappé. L'intitulé du rapport : *Historique de la diffusion des caméras dans le monde*, et son classement : A1 – destiné à l'oubli définitif. Excité et terrorisé à la fois, il avait pris le risque de lire l'intégralité du texte sous prétexte de vérifications techniques supplémentaires. C'est ainsi qu'il avait tout appris.

Le rapport « Kempe » indiquait clairement et sans le moindre doute possible que, quelques décennies plus tôt, les caméras de vidéosurveillance étaient absolument inconnues des hommes. Il n'y en avait nulle part sur terre. Son trouble s'était mué en vertige métaphysique : une autre société avait donc existé avant celle où il vivait aujourd'hui – comme certains le prétendaient sur les réseaux sociaux clandestins.

Le rapport précisait que les caméras de vidéosurveillance étaient apparues à la fin du XXe siècle seulement et que leur expansion avait été foudroyante ; en moins de trente ans, elles s'étaient répandues dans le monde entier comme une nécessité absolue ; leur présence définitive au milieu des hommes s'était achevée en 2026, de manière assez inattendue. Cette année-là, le consortium des compagnies d'assurances suédoises avait convaincu le gouvernement d'installer des caméras dans toutes les maisons du pays afin de limiter les cambriolages et permettre d'intervenir au plus vite lors des incendies, inondations et autres accidents domestiques. Dans une annexe du rapport, un certain député Olen faisait remarquer que nul n'avait trouvé à redire à la logique de ce renforcement de la sûreté déjà apporté par les caméras contrôlant l'espace public et professionnel. Le progrès était manifeste ; toutes les autres nations avaient déjà franchi le pas.

Néanmoins, un premier test avait été mené dans le secteur nord de Stockholm pendant un mois. Les résultats s'étaient révélés si spectaculaires en termes de sécurité qu'une loi avait aussitôt été votée en faveur du consortium d'assurances ; il n'y avait pas eu d'opposition. Seul le mystérieux et clandestin « Réseau Sénèque » avait fait campagne sur la Toile, dénonçant une mesure liberticide doublée d'une attaque contre les principes mêmes de la dignité humaine. Sans succès. Les internautes avaient massivement répliqué que – selon la formule qui faisait florès à l'époque – « rien n'était à craindre pour ceux qui n'avaient rien à se reprocher ».

Le débat portant sur l'entente commerciale entre les compagnies d'assurances et les fabricants de caméras – pour accroître leur mutuelle fortune – n'avait pas rencontré davantage d'écho. Les quelques tribunaux saisis avaient estimé parfaitement légitime l'augmentation du profit des grandes firmes du pays en contrepartie de la création massive d'emplois – et de fait, une part non négligeable du chômage avait été résorbée dans l'année.

Une poignée d'anciens citoyens avait bien tenté de résister, refusant l'intrusion des caméras dans sa vie privée, mais presque tous étaient rentrés dans le rang devant la menace légale de se voir retirer leurs logements faute d'assurance. Les irréductibles – quelques factieux, comme les appelaient le député Olen – s'en étaient allés rejoindre la cohorte des sans-domicile-fixe qu'on voyait traîner la nuit à la recherche d'un abri, et qui se trouvaient de toute façon sous le regard des caméras publiques.

Ensuite, notait le rapport Kempe, les choses s'étaient enchaînées mécaniquement. L'ensemble des administrations du pays avaient demandé et obtenu l'interconnexion de ces nouvelles caméras avec leurs services afin d'assurer aux consommateurs des prestations plus adaptées, diligentes, commodes et efficaces que par le passé. Tout le monde s'y était mis : le « Ministère de la Santé Pour Tous », les employeurs publics et privés, la « Police Mondiale Universelle », les services administratifs des usagers et, bien sûr, le « Ministère du Bien-Être Commun ». De fait, quelques mois avaient suffi pour que les accidents domestiques chutent de 80 %, les cambriolages de 95 % – et dans 87 % des cas les incendies avaient pu être maîtrisés avant toute propagation dangereuse. Le succès s'était révélé identique dans les autres domaines de la vie quotidienne : l'assistance aux personnes dépendantes avait triplé de rapidité, le taux de disputes familiales s'était effondré et les crimes passionnels avaient à peu près disparu.

Le maillage des caméras s'était achevé en 2029 à la satisfaction quasi générale ; dans sa conclusion finale, le rapport constatait que très peu de consommateurs s'étaient manifestés pour regretter l'insupportable incertitude des temps anciens.

C'est en apprenant l'origine de sa condition que Dag Petersson avait compris le sentiment de gêne diffuse qui l'avait toujours habité ; l'idée qu'un monde sans caméras ait pu exister lui avait taraudé l'esprit, jusqu'à le hanter jour et nuit – et c'est ainsi qu'il s'était découvert une âme de révolté. Alors, un matin, il avait décidé de frapper un grand coup.

Maintenant, tout était prêt.

Il passa dans la salle de bains et prit une douche rapide. Célibataire, il répugnait à perdre du temps en soins de toilette superflus. Il se rasa tout aussi vite et offrit ensuite un sourire à la caméra placée au-dessus du lavabo : pas question de faire grise mine et d'être signalé à l'Agence Nationale du Bien-Être Commun. Si elle venait à s'inquiéter, il verrait débarquer avant la fin de la journée un psychologue compréhensif et patelin, soucieux de régler ses problèmes intérieurs, et il n'en finirait pas de remplir d'interminables questionnaires. Ces psys aussi débordés qu'envahissants étaient convaincus de tout savoir. Ils se présentaient devant vous avec leurs sourires débonnaires, ouvraient leurs ordinateurs où tous vos antécédents se trouvaient scrupuleusement consignés et il fallait des heures pour s'en débarrasser. Un soir de l'année précédente, il avait fêté l'anniversaire d'un collègue avec quelques amis ; naturellement, il avait un peu bu – mais sans dépasser les limites prescrites ; il s'était quand même réveillé le lendemain avec une gueule de bois pas possible, vomissant dans les toilettes. La suite n'avait pas manqué. Un psy était arrivé au bureau dès le début de l'après-midi, compatissant et vaguement ennuyé ; c'était un homme sans âge et empâté, avec de grosses lunettes de myope : l'air d'une fouine affolée. La fouine lui avait lancé d'une voix doucereuse : « Monsieur Petersson, que d'embarras de santé pour vous, n'est-ce pas ?... Allez, on va vérifier la liste de vos achats d'alcool de ces deux dernières années. Vous avez l'air d'aller un peu mieux maintenant, mais je tiens à être certain que vous n'avez pas exagéré sur ces fichus alcools à d'autres moments. Vous voyez ce que je veux dire, évidemment... »

Dag avait dû lui démontrer, point par point, achat après achat, qu'il avait bien respecté la politique hygiéniste du Ministère de la Santé Pour Tous. Le psy en avait conclu que sa gueule de bois du matin était probablement due à un dérangement intestinal non diagnostiqué par ces paresseux des visites médicales hebdomadaires. Ces gens-là étaient la preuve vivante que rien ne pouvait être parfait en ce bas monde.

Chassant ce mauvais souvenir, Dag Petersson s'habilla en se répétant une nouvelle fois les moindres détails de son opération. Premier point d'importance : ne pas oublier d'emporter sa tablette de communication constante. Si l'on pensait qu'il cherchait à se déconnecter ou à se dégéolocaliser, les caméras de prise en charge de l'espace public seraient prévenues et on ne savait jamais comment leurs algorithmes réagissaient. Au mieux, un agent de contrôle viendrait le trouver pour lui signaler sa distraction et l'aider dans la recherche de sa tablette ; mais des policiers de la PMU pouvaient tout aussi bien débarquer pour enquêter sur ses intentions véritables et s'assurer qu'il ne préméditait pas un mauvais coup. Dans les deux cas, son opération était mal partie ; la moindre perte de temps pouvait tout compromettre. Il ne disposerait que de cinq minutes trente entre le début et la fin de sa liberté de mouvement.

Il mit la tablette dans la poche de sa vareuse et réétudia avec soin l'intégralité de son itinéraire sur la carte 3D de l'écran occupant le mur principal du salon. Là, pas de danger qu'on le repère : son boulot d'agent de maintenance justifiait la consultation régulière de cette carte détaillée du sud de Stockholm ; l'algorithme ne verrait qu'un employé modèle préparant la tournée d'inspection des caméras de son secteur. Il zooma sur l'angle des rues Breda Gatan et Gustavia. Il bénéficiait d'une habilitation de niveau 4 – privilège de sa fonction qui allait se retourner contre ses employeurs – et le satellite lui renvoyait en temps réel l'animation des deux rues. Pour la énième fois depuis des mois, il vérifia si aucune anomalie n'était décelable. Il prit son temps, scrutant attentivement les trottoirs, les maisons, le flot des véhicules, celui des piétons : tout semblait normal. Quoi qu'il en soit, il emporterait l'appareil portatif relié à l'écran du salon afin d'être certain, au dernier moment, qu'aucune patrouille de police ne quadrillerait ce secteur. Dans le cas contraire, il annulerait tout – mais il n'aurait pas d'autre occasion avant longtemps.

Il contrôla une dernière fois sa sacoche réglementaire. La « bombe » nécessaire à son « attentat » était à sa place, soigneusement dissimulée au milieu de ses accessoires de travail. Il sourit en lui-même : bombe, attentat… Il avait déniché ces deux mots désuets dans de vieilles archives historiques et s'était senti tout excité de les choisir pour baptiser son opération.

Il s'autorisa à caresser un instant la « bombe » à travers le cuir épais de la sacoche, songeant à toutes les ruses qu'il avait dû déployer pour se la procurer à travers une filière clandestine dont nul ne connaissait les organisateurs – sans aucun doute des résistants du fameux « Réseau Sénèque » qui faisait régulièrement parler de lui tout en restant insaisissable. Mais il n'avait pas de certitudes : ces gens-là étaient d'une prodigieuse prudence.

Enfin, il se décida et quitta son appartement. Une fois la porte fermée, il ne s'attarda pas sur la caméra qui venait de le prendre en compte à l'angle de sa rue, et porta son attention sur l'agitation humaine de cette heure matinale. Tout semblait conforme dans le cortège joyeux des passants vaquant à leurs occupations quotidiennes ; il écarta cette sombre vision afin de ne pas perdre courage et considéra le ciel, étonnamment immaculé pour la saison. Le vol des drones se succédant en rangs bien alignés le rassura. Ils étaient sages et silencieux, évoluant lentement à leur altitude d'efficacité, trois cents mètres au-dessus du sol, et leurs caméras panoramiques tournaient sur elles-mêmes avec régularité ; si un événement inhabituel avait été en cours, la moitié de ces drones auraient déjà disparu vers les lieux de l'alerte. Il n'y avait aucune raison de s'inquiéter pour l'instant.

Il prit la direction de la bouche de métro située non loin de chez lui, sa sacoche sur le dos et son échelle télescopique en métal ultraléger à l'épaule. Les inspections de maintenance technique se faisaient encore à pied pour une raison qu'il ignorait ; cette fois cela le servirait.

Il s'engouffra dans la station et descendit les escalators le plus naturellement possible ; parvenu devant les guichets, il calma les battements de son cœur : les caméras du métro étaient les mieux équipées en systèmes de détection des comportements anormaux. Mieux valait éviter de courir, de faire montre de brusquerie, ou de demeurer trop longtemps au même endroit sans raison précise. Toutes ces attitudes pouvaient être interprétées comme des projets de manifestation violente ou de tentative de vol.

Il resta sagement assis au milieu de la rame qui le conduisait non loin de la rue Danielsson où devait commencer sa tournée. Pour ne pas se faire remarquer, il prit l'air joyeux d'un employé content de son sort : dans les wagons, les angles morts entre deux caméras n'existaient pas plus qu'ailleurs, mais leur nombre était doublé pour refréner les éventuelles velléités d'effets de foule.

Il ressortit du métro une demi-heure plus tard, du même pas lent. Il était sept heures trente. Son travail officiel débutait à huit heures ; il avait trente minutes pour prendre son petit déjeuner avant que ne retentisse le bip de rappel de sa tablette. L'algorithme de centralisation des tournées d'inspection était implacable avec le respect des horaires.

Il se décida pour un fast-food et commanda des harengs, du pain et un pot de café. Près de lui, un jeune couple s'embrassait sous le regard croisé des trois caméras du lieu ; un désespoir sans nom l'envahit : comment se faisait-il que ce couple n'éprouve aucune gêne à exposer son intimité à des contrôleurs inconnus ? Il fut tenté de se pencher vers les deux amoureux pour le leur demander mais se retint : un groupe d'asociaux avait été mis au pilori la semaine précédente pour être intervenu dans une situation similaire ; les journaux avaient parlé de leur sotte révolte avec une rare cruauté.

À huit heures moins deux minutes, Dag Patersson quitta le fast-food pour gagner la rue Danielsson où il devait remplacer le capteur solaire de la caméra T812. Dehors, la lumière lui parut étrangement forte et il chaussa la paire de lunettes de soleil transparentes qui ne le quittait jamais ; ses yeux étaient d'une extrême sensibilité et il regrettait les anciens modèles de lunettes à verres teintés, beaucoup plus efficaces. Mais leur fabrication avait cessé depuis des années tant elles entravaient la reconnaissance de l'iris par les caméras ; il fallait admettre que ce progrès technologique avait grandement facilité la tâche des administrations dans leur protection constante des consommateurs : sur les écrans de contrôle centralisant les images de vidéosurveillance, les noms des individus s'affichaient automatiquement au niveau de leur poitrine ; s'il était nécessaire de les verbaliser, un seul clic de souris suffisait pour accéder à leur dossier informatique où se trouvaient actualisées en temps réel leurs données personnelles rapatriées par les services de cartes bancaires, les opérateurs téléphoniques, les serveurs Internet, et les cartes des différents organismes sociaux.

Parvenu devant la caméra T812, Dag Petersson déplia son échelle, grimpa, et changea le capteur dans les délais impartis. Son travail achevé, il redescendit, replia l'échelle, et poursuivit vers le carrefour des rues Breda Gatan et Gustavia. Son cœur se mit à battre plus vite. Il approchait du but. Tout allait se jouer bientôt.

Lorsqu'il parvint dans la rue Gustavia, il hésita, pris d'une violente nausée à la perspective de ce qui l'attendait. Il songea à sa bombe et parvint à se ressaisir. Les émotions qui l'avaient pris à la gorge s'apaisèrent. Pour se rassurer totalement, il fit une brève halte et vérifia l'image satellite de la rue sur son appareil portatif : rien d'alarmant. La patrouille de police la plus proche se trouvait à près d'un kilomètre.

Il repartit et avança le plus naturellement du monde vers l'angle de la rue Breda Gatan ; il y parvint bientôt. Comme toujours, l'endroit était relativement désert. Il examina de loin la caméra C421, fixée en haut d'un lampadaire ; elle aussi attendait le remplacement de son capteur solaire. Mais six mois plus tôt, Dag Petersson avait remarqué un défaut dans son orientation – quelque chose d'assez incroyable : le champ visuel de C421 ne recoupait pas exactement ceux des deux caméras voisines, C420 et C422. Il manquait environ un mètre de couverture. Cela n'avait aucune conséquence quand les trois caméras fonctionnaient ensemble, mais si l'on coupait C421, le mètre manquant se transformait en angle mort. Et le faisceau obscur de celui-ci se prolongeait jusqu'à un pan de mur lépreux où se trouvait un renfoncement de la taille d'un homme.

Un angle mort parfait.

En découvrant cette faille de sécurité, Dag Petersson s'était longuement interrogé. Moins sur l'origine de l'erreur commise par les installateurs que sur la manière dont il pouvait l'exploiter. Il avait vite trouvé. Lorsqu'il changeait un capteur solaire, trente secondes s'écoulaient entre le moment où il ôtait l'ancien et celui où il replaçait le nouveau. Passé ce délai, la procédure automatique de sécurité était simple : une minuterie se déclenchait à l'intérieur de la caméra et quarante-cinq secondes plus tard, un incident de fonctionnement était signalé. La caméra la plus proche pivotait alors d'elle-même pour un balayage visuel de la caméra défaillante. Si elle ne décelait aucune anomalie particulière, elle basculait l'image vers un contrôleur humain qui décidait de la suite à donner. La plupart du temps, ce contrôleur se contentait de prévenir le responsable du secteur concerné pour lui demander de mener une enquête purement technique aux fins de réparation. Celle-ci intervenait réglementairement sept minutes plus tard. Le contrôleur n'alertait les services de sécurité que lorsque l'image renvoyée par la seconde caméra signalait un acte de malveillance – ce qui arrivait parfois. Le coupable était rapidement identifié et arrêté.

Dag Petersson avait tout calculé pour bénéficier de cinq minutes trente d'angle mort parfait ; au cours de ce bref laps de temps, il disparaîtrait entièrement aux yeux du monde et pourrait réussir son coup. Bien sûr, dix fois plus de temps aurait été nécessaire pour être à 100 % efficace – mais cinq minutes trente étaient déjà quelque chose d'inespéré.

Soudain apaisé, il avança vers C421, installa son échelle, et gravit les cinq mètres qui le séparaient de la caméra. Il se plaça de dos par rapport à C420 et C422 installées sur les façades de deux maisons voisines, et, avec des gestes précis guidés par l'habitude, ôta le capteur solaire de son logement ; à présent, C421 ne fonctionnait plus. Il entrait dans la phase la plus sensible de son attentat. Il mit le capteur dans sa poche et fit semblant de le remplacer pendant les trente secondes nécessaires à l'opération, comptant lentement dans sa tête. Parvenu à trente, il recommença pour les quarante-cinq secondes précédant le lancement de la minuterie ; en même temps, il redescendait l'échelle aussi paisiblement qu'il le pouvait ; la machine infernale était maintenant en route, sans retour possible... Il se sentit presque défaillir.

Au pied du lampadaire, il replia son échelle, le ventre horriblement serré. Il ne lui restait qu'une poignée de secondes avant le déclenchement du balayage de la caméra C420. Il fit de son mieux pour contrôler sa respiration, calma les battements de son cœur, et égrena les dernières secondes à mi-voix : quarante-deux, quarante-trois, quarante-quatre...

À quarante-cinq, il emplit d'air ses poumons et pénétra d'un coup dans l'angle mort de la caméra ; il s'immobilisa aussitôt. Une joie comme il n'en avait jamais connu l'envahit avec une violence inouïe : il avait disparu, il était invisible, libre...

Il se retourna précautionneusement afin que ses épaules ne débordent pas de l'angle mort et avança vers l'encoignure du mur en prenant soin de rester dans l'axe exact de la caméra éteinte. Il monta sur le trottoir et s'assit contre le mur, les mains tremblantes. Il ouvrit sa sacoche de cuir. Un groupe d'étudiants passa devant lui et ne vit qu'un fonctionnaire fatigué se reposant dans l'encoignure d'une rue presque déserte.

Il consulta sa montre ; il disposait d'encore trois minutes avant de devoir repartir en sens inverse pour mettre le nouveau capteur en place, sans croiser le réparateur qui devait déjà être en route. C'était peu mais il s'en contenterait. Il se donna malgré tout trente secondes supplémentaires pour savourer l'extraordinaire sentiment de liberté qui l'habitait. Quand vivrait-il à nouveau de tels instants ? Il adressa un pied de nez enfantin à la caméra éteinte et ne se trouva pas ridicule. Si son coup réussissait, il le reproduirait aussi souvent que possible. Cette joie qui était en lui valait tous les risques.

Enfin, il se décida à commettre l'attentat pour lequel il s'était si longtemps préparé. Il plongea la main dans sa sacoche et en sortit précautionneusement la bombe. C'était la plus extraordinaire que le « Réseau Sénèque » ait pu lui procurer : un recueil complet des *Poèmes saturniens* de Verlaine.

Il contempla le livre avec un mélange de crainte et d'émotion : être pris en flagrant délit de lecture de ce texte répertorié dans la liste des « inutiles » revenait à perdre son emploi et tous les acquis sociaux. Bien sûr, il aurait pu aller au bout des choses et se procurer un ouvrage classé « négationniste » ou « révisionniste », comme le *Discours de la servitude volontaire* de La Boétie dont il avait entendu parler, mais il n'avait pas osé ; la perspective des assises l'avait dissuadé d'aller trop loin – les juges auraient aisément démontré son refus des textes de « distraction pour le Bien Commun » produits industriellement par les cabinets techniques des grandes firmes de communication : il aurait pris au moins cinq ans d'isolement social en centre de redressement.

Dag Petersson feuilleta le recueil et s'arrêta au poème de la page 128 – celui que son grand-père, il y a bien longtemps, lui faisait réciter en secret dans l'enclos des rosiers de son jardin. Il lut avec émotion :

Les sanglots longs
Des violons
De l'automne
Blessent mon cœur
D'une langueur
Monotone

Il essuya une larme et prit dans la poche de sa vareuse le stylo qui ne le quittait jamais. Après un instant de réflexion, il se résolut à corriger le texte de Verlaine. Mais avait-il le choix ? D'une écriture élégante, il écrivit avec tristesse et maladresse :

Les sanglots longs
De tous ces
Faux progrès
Blessent mon cœur
D'une langueur
Effrayée

Puis, empli d'une atroce sensation de finitude, il murmura en lui-même : « Libre, libre, libre… »

L'Ecclésiaste vous salue bien !

Version personnelle d'une histoire populaire

À Lionel Franceschi

Jorge Tamado était l'astrophysicien le plus réputé du Pérou. À quarante-quatre ans, il avait déjà été associé à plus d'une quinzaine d'avancées scientifiques concernant la relativité restreinte des ondes gravitationnelles ou la présence d'antimatière dans les trous noirs. Son nom brillait au firmament de la communauté des grands savants. Depuis dix ans, il dirigeait l'observatoire de « Las Estrellas », situé dans une région isolée de la cordillère des Andes, à deux cents kilomètres de La Paz. Quoique marié et père de cinq enfants, il y passait l'essentiel de son temps, jouissant de l'un des télescopes les plus puissants d'Amérique latine. Chaque nuit il explorait l'univers avec l'espoir secret d'une découverte fabuleuse comme il en rêvait enfant.

Le 15 juin 2028, il fut, pour ainsi dire, servi : à vingt-trois heures trente précisément, une planète inconnue apparut brusquement dans la lunette de son télescope – là où la veille régnait un vide absolu. Cette planète n'avait rien à faire à cet endroit du ciel, elle n'aurait jamais dû s'y trouver, mais Tamado eut beau se frotter les yeux, modifier les réglages de ses appareils, recommencer ses visées, elle était toujours là, absolument blanche, parfaitement ronde, énorme…

Empli d'une émotion indicible, les mains tremblantes, le cœur battant, les oreilles bourdonnantes, il zooma sur cet astre inouï ; quand celui-ci occupa la totalité de son œilleton, il manqua tomber à la renverse. Sur toute la surface de la planète, trois mots se trouvaient inscrits en lettres noires, géantes : QUI ÊTES-VOUS ?

L'instant d'après, dans une fébrilité qu'il n'avait jamais connue, bouleversé comme il ne l'avait jamais été, Tamado téléphonait fiévreusement à ses confrères des cinq continents, réveillant la plupart d'entre eux au milieu de la nuit. À tous, il annonça l'incroyable nouvelle et les pria de braquer leurs télescopes dans la direction qu'il indiquait pour confirmer sa découverte ou lui annoncer qu'il était devenu fou. Dans l'heure suivante, ses collègues le rappelèrent les uns après les autres, surexcités et chavirés. Non, il n'avait pas perdu la raison ; la planète inconnue était bien là où il l'avait vue – avec ces trois mots inimaginables – et à peine distante d'une année-lumière. Ils étaient bien face à la plus grande découverte de tous les temps : l'homme n'était pas seul dans l'univers.

Le lendemain, les titres de la presse mondiale furent délirants et les médias se battirent pour publier les premières photos de la planète miraculeuse ; tout ce que la terre comptait comme astronomes amateurs se mit à fouiller le ciel pour contempler de ses propres yeux l'impossible. Les ventes de lunettes astronomiques s'envolèrent : il y eut rupture de stock en quelques heures. Dans le même temps, des foules innombrables descendirent dans les rues de toutes les villes du monde pour demander aux autorités de ne pas ignorer la demande quasi existentielle de ces êtres intelligents peuplant l'espace sidéral. Il fallait leur répondre sans attendre.

L'assemblée générale des Nations Unies Universelles se réunit trois jours plus tard en séance extraordinaire. L'ensemble des chefs d'État et de gouvernement prit la parole et appela, dans une unanimité jamais vue, à satisfaire la fantastique interrogation des habitants de l'astre mystérieux. À minuit, une décision fut prise : chaque pays fournirait tout ce qu'il pourrait aux Nations Unies Universelles pour atteindre ce but.

Le 19 juin 2028, soit quatre jours seulement après la découverte de Jorge Tamado – qui ne cessait de recevoir des pluies de médailles venant de tous les horizons –, le Conseil de Sécurité auditionna en session privée les plus grandes sommités scientifiques du moment, venues en urgence des quatre coins de la planète. À l'ordre du jour : déterminer la méthode la plus appropriée pour envoyer un message aux inconnus de l'espace. Les scientifiques expliquèrent qu'en l'état actuel des connaissances, ils ne disposaient d'aucun moyen électromagnétique pour communiquer avec eux. Ce recoin de l'univers était fermé par un repli de l'espace-temps à peu près hermétique – raison pour laquelle les extraterrestres avaient employé une technique visuelle, certes archaïque mais sûre. La seule solution pour les contacter était de les imiter en inscrivant en lettre géantes LA TERRE quelque part à la surface du globe.

On se pencha sur les cartes. Il n'existait qu'un seul endroit suffisamment grand et désert pour réaliser ce prodigieux projet : le Sahara. De l'Atlantique à la mer Rouge, il mesurait cinq mille kilomètres, et entre le sud de l'Algérie et le nord du Cameroun, plus de deux mille. Toute cette surface était à peu près vide d'hommes et chacune des sept lettres de LA TERRE pourrait occuper les mille kilomètres de longueur et les deux cent cinquante de largeur estimés nécessaires par les experts pour être lisibles à une distance d'une année-lumière. Afin de bien réfléchir les rayons du soleil, les lettres devraient aussi se dresser à deux mille mètres d'altitude et être construites en pierre ou en béton.

Le lendemain à l'aube, l'assemblée générale vota, une fois de plus à l'unanimité, l'adoption de ce dessein pharaonique. Elle nomma aussitôt un comité de pilotage qui rendit son rapport la semaine suivante. Celui-ci annonçait sans surprise que l'entreprise nécessiterait des sacrifices considérables. Pour trouver les pierres indispensables à l'édification des lettres géantes, il faudrait, d'après les premiers calculs, raser la moitié de l'Himalaya, le tiers des Alpes et des Pyrénées, le quart de la cordillère des Andes, et autant du Kilimandjaro ; moyennant quoi il y aurait suffisamment de matériaux pour la mise en œuvre de ce plan dantesque. Mais le transport de ces milliards de mètres cubes de roches nécessiterait aussi une flotte de cargos comme l'humanité n'en avait jamais connu, des dizaines de milliers de camions, et des centaines de milliers de grues, d'engins de levage, de pelleteuses, de pelles et de pioches ; sans parler des millions d'ouvriers nécessaires à l'entassement de ces pierres d'un bout à l'autre du désert et en bon ordre. L'entreprise prendrait probablement un siècle.

Un mois plus tard, tous les États de la planète organisèrent des référendums afin de porter la décision des Nations Unies Universelles devant leurs peuples respectifs. Le OUI l'emporta avec 99 % des voix. Aucun pays concerné par l'arasement de ses montagnes ne s'y opposa, honoré d'être en première ligne.

La victoire du OUI jeta une nouvelle fois des foules en délire dans les rues des villes et villages de la planète. Les consommateurs du monde entier voulurent participer au projet et des bureaux de recrutement furent ouverts un peu partout. En quelques jours, on enregistra deux cent trente millions de volontaires prêts à payer de leur personne : marins, dockers, ingénieurs, ouvriers du bâtiment, camionneurs, grutiers, aucun corps de métier ne manquait. On fut contraint de refuser du monde.

L'entreprise débuta dès le mois de juillet 2028. Un fonds financier spécial fut ouvert aux Nations Unies Universelles et chaque pays accepta d'y contribuer à hauteur de 10 % de son budget annuel – et cela aussi longtemps que nécessaire. Les premiers virements arrivèrent aussitôt. Leur montant cumulé atteignit les mille milliards d'équivalent argent et la commande des dix mille cargos requis par l'opération fut répartie entre les chantiers navals disséminés à travers le monde : ils disposaient d'un an pour mettre leurs navires à l'eau. Des commandes du même ordre furent envoyées à tous les constructeurs de camions et d'engins de travaux publics. Ils devaient expédier dès que possible la moitié de leur production vers les massifs montagneux concernés par l'opération et l'autre moitié des deux côtés du Sahara. Partout on s'organisa et la gigantesque machine du projet se mit en marche dans un enthousiasme que rien ne semblait pouvoir faire fléchir. Les premières explosions abattant les faîtes de l'Everest, du Kilimandjaro, du Popocatépetl et du Mont-Blanc retentirent en septembre.

Au cours des dix années suivantes, les villes situées au pied de ces montagnes connurent un développement inimaginable. Katmandou atteignit les trente millions d'habitants en 2038, Grenoble et Bayonne en comptèrent dix la même année, La Paz et Sucre, vingt. Les ports d'embarquement des pierres – Karachi pour l'Himalaya, Marseille pour les Alpes, Biarritz pour les Pyrénées, Quito pour la cordillère des Andes, Zanzibar pour l'Afrique de l'Est – virent quintupler les capacités de leurs installations portuaires. On n'arrêtait pas de construire des quais, des hangars, des digues et des jetées. Les ports de débarquement situés en Mauritanie et au Soudan se développèrent à un rythme encore plus soutenu car ils devaient rattraper leur retard en infrastructures. Quant aux routes tracées dans le désert, on ne cessait de les étendre comme une toile d'araignée sans fin – et la noria vertigineuse des camions qui, jour après jour, acheminaient leurs incroyables monceaux de cailloux ne s'arrêta pas un instant.

Dans cet enthousiasme général, il y eut bien quelques mouvements de protestation en certains points isolés du globe, comme la Patagonie et le Kamtchatka, où l'on manifesta en brandissant des banderoles citant l'Ecclésiaste : « Vanité des vanités, tout est vanité. » Mais ces initiatives dues aux comités régionaux du « Réseau Sénèque » – car il s'agissait bien de lui, encore une fois – ne parvinrent pas à se développer hors de leurs sphères d'influence habituelle. Les travaux d'Hercule se poursuivirent à la même cadence folle.

Vingt ans plus tard, la lettre L se trouva enfin achevée à la longitude de Nouadhibou et à moins de cinquante kilomètres des côtes de l'Atlantique ; à l'autre bout du Sahara, la lettre E fut terminée au même moment à la longitude de Port-Soudan et à soixante kilomètres de la mer Rouge. On travaillait de chaque côté du désert et l'émulation était vive entre les deux chantiers. L'Everest avait déjà perdu mille mètres de hauteur, le Mont-Blanc cinq cents, le Popocatépetl quatre cents.

Jorge Tamado prit sa retraite cette année-là ; son fils Miguel avait embrassé la même profession que son père et il obtint sans peine la direction de l'observatoire de « Las Estrellas » tant le nom de Tamado était devenu fameux. La montagne sur laquelle se situait l'observatoire avait été épargnée par les pelleteuses, mais se trouvait désormais entourée de paysages lunaires s'étendant à perte de vue ; des millions d'ouvriers s'y activaient, semblables à des insectes têtus dépeçant les chairs d'un cadavre.

Quarante ans plus tard, les lettres A et R furent achevées dans la fournaise du Sahara. Encore vingt années et le T comme l'autre R se trouvèrent édifiés en bonne et due forme. Il ne demeurait plus qu'une lettre à bâtir, le E central de LA TERRE.

Depuis longtemps déjà, d'imposants nuages de poussière stagnaient au-dessus des chaînes de montagnes que l'on rasait laborieusement et il fallait modifier chaque année les routes aériennes les survolant ; cependant, les peuples de ces régions se disaient satisfaits. Il en allait de même pour ceux des contrées affectées par les dômes de pollution de plusieurs milliers de mètres d'altitude installés dans le ciel du Sahara : cette pollution se trouvait régulièrement portée par les vents vers l'Europe et l'Afrique mais leurs habitants faisaient eux aussi contre mauvaise fortune bon cœur et l'on n'entendit jamais la moindre protestation. Les sondages effectués régulièrement le démontraient :

l'ensemble de l'humanité s'affirmait heureuse, attendant avec espoir la réponse des extraterrestres lorsque les prodigieux travaux issus de sa volonté seraient achevés.

En cette année 2108, le programme avait bien vingt ans d'avance sur les prévisions initiales et chacun sentait qu'on touchait à la fin. Les décideurs du projet étaient tous décédés depuis longtemps mais leurs successeurs conservaient la même foi malgré la face sombre de l'opération : plus de cent mille morts sur les différents chantiers, quatre mille naufrages de cargos surchargés, dix mille camions accidentés.

Miguel Tamado prit sa retraite et son fils Felipe lui succéda à la tête de « Las Estrellas ». Il passa les dix années suivantes à se consumer d'impatience, suivant au jour le jour l'avancement des deux chantiers qui, au Sahara, se concentraient maintenant sur la dernière lettre à bâtir ; leurs équipes progressaient presque trois fois plus vite qu'au cours des décennies précédentes tant l'ardeur à la tâche demeurait grande – mais Felipe Tamado peinait à refréner la hâte qui l'habitait. Sans cesse il braquait son télescope vers les espaces infinis ; hélas, tout là-bas, à une année-lumière parmi les constellations, rien ne bougeait. Sans doute les extraterrestres attendaient-ils l'achèvement du grand labeur des humains pour se manifester. Toutefois, au point où en étaient les choses, Felipe Tamado était certain d'assister à l'aboutissement de l'œuvre géniale initiée par son grand-père.

Enfin, quatre-vingt-onze ans après le début de cette entreprise qui n'avait pas de nom, la dernière pierre fut hissée au sommet de la dernière lettre. Pour célébrer l'événement, on organisa des fêtes monstrueuses dans le monde entier. Il y eut tant de feux d'artifice, de défilés, de concerts qu'on ne put les dénombrer. C'est à peine si l'on remarqua les quelques manifestations provoquées par le « Réseau Sénèque » là où ses résistants étaient capables d'agir sans se faire arrêter par les agents de la Police Mondiale Universelle : quelques bourgs isolés de l'Ontario, de la Terre de Feu ou du Kalahari – et toujours avec ce malheureux slogan de l'Ecclésiaste : « Vanité des vanités, tout est vanité. »

Cela n'empêcha pas les hommes et les femmes qui revenaient des différents chantiers d'être accueillis en héros : ouvriers éreintés, marins harassés, camionneurs épuisés, nul ne fut oublié. Nombre de ces héros avaient consacré leur vie entière au projet et n'en pouvaient plus.

Et puis, on attendit. Le Sahara retrouva son silence minéral. Toutes les montagnes étaient désormais à son image.

Pendant un an, il ne se passa rien. L'humanité s'inquiéta, retenant son souffle ; les scientifiques eurent beau expliquer qu'il n'y avait pas lieu de s'alarmer puisqu'il fallait un an à la lumière du soleil réfléchie par la Terre pour parvenir jusqu'à la planète mystérieuse – et encore une année supplémentaire pour revenir –, le doute s'installa partout.

Le délai de deux années passé, tous les observatoires du monde reçurent l'ordre officiel de conserver nuit et jour leurs appareils braqués vers le ciel et de cesser toute autre activité. La réponse des extraterrestres pouvait tomber d'un instant à l'autre.

Par un hasard imputable aux seules circonstances, ce fut Felipe Tamado qui reçut le premier cette réponse. À minuit précis, le 11 mai 2121, l'œil rivé à l'œilleton de son télescope, il manqua tomber à la renverse comme son grand-père autrefois : sur la surface de la planète inconnue, le QUI ÊTES-VOUS ? d'origine avait disparu pour être remplacé par ces six mots :

C'EST PAS À VOUS QU'ON CAUSE !

L'œil du singe

Version personnelle d'une histoire populaire

À Patrick Gambache

Le 38e congrès international de primatologie se tint à Christchurch en Nouvelle-Zélande, du 16 au 18 juillet 2025. Il était présidé cette année-là par le Chinois Lao Tao, spécialiste avéré des bonobos dont il dévoilait chaque jour un peu plus l'extraordinaire vie sexuelle. Ses deux vice-présidents étaient le Camerounais Pierre Diakara – expert réputé en ouistitis d'Amérique du Sud – et l'Iranien Kori Assam – sommité mondialement reconnue des relations entre les peuples pygmées du Nord-Congo et les gorilles albinos. Kori Assam était également le représentant le plus emblématique de la tendance « idéalisante » de la zoologie moderne dont les travaux cherchaient à imposer le qualificatif de « personnes à part entière » aux animaux supérieurs – à défaut de pouvoir les appeler des hommes comme les autres. Le rapporteur du congrès se nommait Jacques Douffio, professeur émérite à l'académie de Belgique, dévoué à la cause des cercopithèques à diadème et fervent partisan du courant cartésien de la zoologie ; ce courant, diamétralement opposé à celui des « idéalisants », avait été baptisé du nom de « raisonnabiliste » : il considérait Kori Assam et les gens de son espèce comme de dangereux sectaires cherchant à ravaler les hommes

– qu'ils haïssaient en secret – au rang des animaux les plus communs, sous couvert d'humaniser ces derniers.

Depuis vingt ans, les deux écoles se déchiraient. Ce 38e congrès devait éviter toute nouvelle polémique en limitant les débats scientifiques à un intitulé précis : « Sensibilité, intelligence et raison chez l'ensemble des grands singes. »

Deux cent trente experts venus de cent vingt-trois pays avaient fait le déplacement. Leurs communications écrites avaient été requises trois mois plus tôt par les organisateurs et les interventions seraient rigoureusement limitées dans le temps. Le programme prévoyait que la première journée serait réservée à un échange sur la sensibilité des singes, la deuxième aux débats sur leur intelligence, la troisième à l'éventualité de leur raison.

Les discussions du 16 juillet 2025 se déroulèrent sans surprise. Tout le monde s'accorda à reconnaître aux grands singes une sensibilité de haut niveau. La totalité des expérimentations effectuées en laboratoire le prouvait : les singes souffraient proportionnellement aux maux qu'on leur infligeait et se montraient capables d'un attachement réel pour les membres de leur famille – comme de fidélité envers les hommes qui s'occupaient d'eux, et ni la joie ni la tristesse ne leur étaient étrangères. Le Népalais Aminandra Goao – bouddhiste de facture ancienne – tenta bien d'étendre cette unanimité de la communauté scientifique aux animaux dits « inférieurs », comme l'escargot ou la langouste, mais il fut remis à sa place par le président Lao Tao – moins pour la qualité de son argumentation qui, selon lui, laissait à désirer, que pour un fait indiscutable : son intervention était hors sujet.

Naadir Geylan, un Turc partisan des « idéalisants », tenta d'établir de son côté une frontière entre les animaux dont la sensibilité était avérée, et les autres – frontière située, d'après lui, au niveau des gallinacés – mais il fut interrompu séance tenante : les débats devaient se limiter aux seuls primates.

La journée se conclut néanmoins sur un accord de tous les membres du congrès : il y avait urgence à faire évoluer le droit international concernant les animaux ; ce droit ne pouvait rester en l'état. Il lui fallait intégrer un « devoir » des hommes envers les animaux afin d'éviter toute maltraitance inutile à ces derniers. Une motion en ce sens fut votée et on décida de la soumettre sans délai aux Nations Unies Universelles.

Le deuxième jour, consacré à l'intelligence, fut plus âpre. Quatre-vingt-dix-huit communications avaient été retenues. Toutes admettaient l'intelligence des singes, mais aucune ne s'accordait sur ce degré d'intelligence – drastiquement limité pour de nombreux spécialistes ; ceux-ci faisaient remarquer qu'aucun animal n'était encore parvenu à réaliser une addition simple ou à écrire correctement la succession des lettres de l'alphabet. Tout au plus certains singes parvenaient-ils à reconnaître ces lettres lorsqu'une récompense alimentaire y était associée. Cependant, pour d'autres experts, c'étaient les techniques de détermination de l'intelligence qui étaient inadaptées aux animaux et donc incapables de saisir les multiples formes que cette intelligence pouvait prendre ; si les laboratoires voulaient bien dégager les budgets nécessaires à la découverte de nouvelles méthodes de mesure, on verrait vite se modifier la compréhension que l'on se faisait de l'intelligence des singes.

Les débats s'achevèrent sur cette opposition. La motion finale, intitulée : « Incapacité des humains à définir l'exact degré d'intelligence des singes », ne départagea aucun camp : 115 voix pour, 115 voix contre.

Les antagonismes s'amplifièrent au troisième et dernier jour du congrès lorsqu'il fut question de la « raison » chez les singes. Jacques Douffio, chef de file des « raisonnabilistes », rappela que la « raison » était la capacité d'enchaîner logiquement des jugements de connaissance en tenant compte des causes antécédentes pour parvenir à des conclusions justes, c'est-à-dire correspondant aux faits du monde réel. Il cita avec emphase le célèbre syllogisme d'Aristote : « Socrate est un homme, les hommes sont mortels, donc Socrate est mortel. » Aucun singe, dit-il, n'avait jamais démontré sa capacité à élaborer un discours de ce type. L'intelligence était à coup sûr une condition nécessaire au processus de raisonnement, mais elle était insuffisante. Pour aboutir à quelque chose de sérieux, il fallait ajouter la raison à l'intelligence ; on ne pouvait pas sortir de là. Il insista sur le fait que seule cette association avait permis les innombrables découvertes réalisées par les hommes au cours de leur longue histoire ; l'absence de raison chez les singes – martela-t-il – expliquait pourquoi ils n'avaient jamais rien inventé et se trouvaient encore au stade qui était le leur des centaines de milliers d'années plus tôt. On n'était donc pas près de les voir discourir sur la théorie de la relativité restreinte – et encore moins d'écrire des poèmes. Douffio acheva son allocution par une plaisanterie qui mit tout l'auditoire en joie ; il déclara qu'en dépit de ce qu'il venait de dire, il lui semblait évident que nombre d'hommes – notamment parmi ses étudiants – « résonnaient comme des tambours » et n'étaient, pas plus que les singes de son laboratoire, capables d'innover ou de penser par eux-mêmes…

La réplique de l'« idéalisant » Kori Assam fut cinglante. Ses arguments étaient connus. Il prit d'abord l'assistance à témoin, demandant si la stagnation du développement des singes n'était pas, en fin de compte, une preuve de leur immense raison – pour ne pas dire de leur suprême sagesse ; ils n'avaient inventé ni les armes de destruction massive, ni la méchanceté gratuite, encore moins le mal radical – et ils vivraient dans une paix édénique si les hommes n'étaient pas apparus à la surface de la terre. Cette déclaration faite, il passa à l'offensive en affirmant que les singes ayant servi aux expériences auraient été parfaitement capables de raisonner – selon la définition donnée par son éminent collègue Douffio – si on leur avait fourni un apprentissage centré sur leurs intérêts. Leurs capacités en la matière avaient paru embryonnaires du fait de cette erreur de méthodologie ; qu'on en change et la vision de ses collègues changerait aussi. De surcroît, ajouta-t-il, il n'était pas dit que l'intelligence des singes en reste là si leur biotope venait à se modifier – comme cela avait été le cas jadis pour l'homme ; on aurait alors d'immenses surprises. En conséquence de quoi – et devant ce doute – il fallait que les lois internationales aillent plus loin qu'un simple « devoir » des hommes envers les animaux comme il avait été proposé la veille ; elles devaient fonder un « droit » pour ces animaux eux-mêmes. Et il exigea avec émotion un vote à main levée sur cette question.

Le président Lao Tao refusa net ce vote. Il rappela d'un ton las qu'en l'état actuel des choses, un « sujet de droit » était certes une entité vivante, mais une entité capable d'exprimer par elle-même une exigence – quelle que soit la nature de celle-ci. Il ajouta avec un rien d'ironie qu'avant d'accéder à la demande de son éminent collègue iranien, il attendrait donc qu'un singe ou une tortue vienne le trouver pour lui présenter une revendication quelconque.

Un tollé général se fit entendre dans les rangs des « idéalisants » ; mais Lao Tao poursuivit en déclarant que, de toute façon, personne ne tomberait d'accord sur la liste des animaux pouvant bénéficier de tels « droits » – et desquels exactement – à l'exception d'Aminandra Goao qui avait déjà évoqué dans ses articles le droit des moustiques à une vie digne et naturelle. Les rires fusèrent aussitôt du côté des « raisonnabilistes ». Lao Tao interrogea alors l'assistance sur un autre point : parler au nom des animaux sans connaître le moins du monde leurs désirs et leur volonté ne revenait-il pas à instaurer une forme nouvelle d'anthropomorphisme, voire à instituer une version pernicieuse de néocolonialisme ? Les puissances impérialistes du passé, affirma-t-il, ne parlaient-elles pas en lieu et place des peuples qu'elles avaient soumis, sans jamais solliciter leur avis ?

Ces dernières phrases déclenchèrent un mécontentement général parmi les « idéalisants » et des ricanements discrets chez les « raisonnabilistes ». Le Camerounais Pierre Diakara, expert en compromis, monta à la tribune et trouva une forme inédite de conciliation en proclamant :

« Mes chers confrères, nous sommes tous d'accord pour affirmer que nos amis les grands singes sont des animaux sensibles doués d'un certain niveau d'intelligence. Pour ce qui est de leur capacité à raisonner, nous ne parvenons pas à nous entendre. À mes yeux, les arguments des deux parties sont tous recevables selon le point de vue où l'on se place ; c'est une affaire de perspective et cela ne nous mène à rien d'un point de vue scientifique. Alors, une idée m'est venue pour tenter d'y voir plus clair – peut-être même cette idée pourrait-elle nous départager. La voici : tentons une expérience radicale et cruciale sur l'un de nos singes ; quelque chose qui mettrait définitivement à l'épreuve son éventuelle raison. Mais tout d'abord, une question pour mieux vous exposer cette expérience : qu'adviendrait-il de la raison d'un homme si on l'emprisonnerait, seul, pendant une période indéterminée, sans aucun contact avec le monde extérieur et sans justification ? Cet homme deviendrait-il fou ? S'adapterait-il en réfléchissant au meilleur moyen de résister ? Se révolterait-il ? Ferait-il tout cela à la fois ou tour à tour ? Se débrouillerait-il autrement ? Nul n'a jamais observé scientifiquement une telle épreuve chez un être humain. Toutefois, il n'y a pas de doute : sa raison – dans tous les sens de ce terme – se révélerait pour ce qu'elle est vraiment. Pourquoi ne pas tenter une expérience de ce type avec un singe pris au hasard ? Nous serions vite fixés. »

Un brouhaha de réprobation monta des rangs des « idéalisants ». Kori Assam se dressa au milieu de l'assistance et jeta d'une voix indignée : « L'incarcération d'un singe innocent serait d'une injustice flagrante. Je m'y refuse absolument, c'est inadmissible ! »

Jacques Douffio se leva à son tour et répliqua sur le même ton, au nom de tous les « raisonnabilistes » : « Il me semble, cher collègue, que vous disposez d'une trentaine de chimpanzés pour vos expérimentations ; ne vivent-ils pas dans des cages ? La différence me paraît mince, ne croyez-vous pas ? »

L'argument calma aussitôt les esprits et le président mit au vote la proposition de Pierre Diakara. Elle fut adoptée par 98 voix contre 97 – et 35 abstentions.

Un comité d'exécution de vingt personnes fut constitué sur-le-champ parmi les 98 partisans du projet. Il se mit au travail le soir même afin de définir les modalités de l'expérience. Il décida que cette dernière aurait lieu à Christchurch même, l'université locale disposant d'une douzaine de chimpanzés et d'un laboratoire suffisamment vaste pour que l'un de ses locaux soit entièrement dédié à ce programme inédit et novateur. Il fut également convenu qu'un délai d'une année serait nécessaire pour que l'isolement du singe fournisse des éléments probants.

Le lendemain matin, tous les membres du congrès rejoignirent leurs pays respectifs – les uns furieux, les autres ravis – à l'exception de Lao Tao, Pierre Diakara et Jacques Douffio qui demeurèrent sur place afin de mettre au point les détails pratiques de l'opération. Ils choisirent un singe en tirant à la courte paille pour ne fausser en rien le processus, et les fenêtres du local où on allait l'enfermer furent hermétiquement closes par des panneaux de bois. Des ouvriers requis sur-le-champ pratiquèrent ensuite une minuscule ouverture dans le mur donnant sur le couloir du laboratoire afin de passer à l'animal nourriture et eau une fois par jour.

Cela fait, on installa le singe sans plus de façons : on laissa la lumière allumée, l'interrupteur étant parfaitement visible et accessible – au cas où.

Avant de fermer la porte à double tour, Lao Tao eut l'idée soudaine de meubler la pièce d'une table, d'une chaise, d'un tableau noir et de craies de couleur – au cas où, encore – sans oublier divers jouets d'enfant ; de toute urgence on s'en alla donc quérir ce fourbis dans une école voisine et on le disposa dans la pièce sous les yeux indifférents du singe. Après quoi, les trois hommes se serrèrent la main et se donnèrent rendez-vous un an plus tard, jour pour jour, avec leurs dix-sept autres collègues du comité.

Une heure après, ils embarquaient dans l'avion qui les ramenait chez eux.

Le 19 juillet 2026, à l'heure dite, les vingt scientifiques concernés par l'expérience se retrouvèrent, très émus, dans le grand amphithéâtre de l'université de Christchurch où ils avaient débattu un an plus tôt. Lao Tao prit la parole pour demander : « Comment procéder maintenant ? Ouvrons-nous simplement la porte du local pour voir où en est notre singe, ou faisons-nous autrement ?

– Cette méthode me semble un peu trop brutale, avança prudemment Pierre Diakara. Le singe pourrait se montrer agressif.

– Notre estimé collègue a raison, approuva Jacques Douffio. Je suggère de procéder par étapes. Commençons par observer discrètement l'animal. Nous verrons ensuite.

– Mais comment faire ? », interrogea Lao Tao.

Jacques Douffio laissa échapper un petit rire entendu : « Regardons tout bonnement par le trou de la serrure ; ce n'est pas compliqué et nous serons vite fixés. »

Les vingt scientifiques du comité se consultèrent du regard, hochèrent la tête, et tombèrent d'accord pour ne plus tergiverser – c'était ce qu'il y avait de mieux à faire.

Sans plus attendre, ils se dirigèrent en silence vers le laboratoire distant d'une centaine de mètres. Tous contenaient l'excitation qui montait en eux.

Parvenu dans le couloir menant au local où se trouvait enfermé le singe, Lao Tao chuchota: « Nous y sommes. Mais lequel d'entre nous va aller regarder ?

– Moi, dit aussitôt Jacques Douffio. Si personne n'y voit d'objection, je suis volontaire. »

Ses collègues approuvèrent de quelques murmures soulagés et lui firent signe de passer devant ; il s'exécuta d'un air déterminé et ils le suivirent en file indienne, sur la pointe des pieds ; à une dizaine de mètres de la porte, ils s'arrêtèrent tous, retenant jusqu'à leur respiration ; Douffio ôta ses chaussures et continua seul, toujours sans faire le moindre bruit. Il sentait le sang cogner à ses tempes et une sueur nouvelle sourdre à son front. Lentement, prudemment, il se rapprocha, s'accroupit devant la porte, et retira tout doucement la clef de la serrure pour y coller son œil droit.

Et que vit-il ?

L'œil du singe qui le regardait.

Un homme si parfait

À Nathalie Franceschi

À vingt ans, le jeune Américain Aston Timan était le premier « homme augmenté » parfaitement réussi après mille tâtonnements : génétiquement modifié, bioniquement amélioré et technologiquement connecté, il était présenté partout comme le parachèvement des trente années de recherches intensives effectuées par Google et les grands spécialistes du mouvement transhumaniste dans leurs laboratoires de Californie. La somme faramineuse de cent milliards d'équivalent argent avait été investie dans ce projet mais le succès était total : Aston Timan représentait l'espoir d'une humanité future véritablement plus grande qu'elle-même – et d'hommes enfin parfaitement égaux. Cet exploit avait été accompli en dépit de la multitude d'obstacles soulevés par les résistants du désespérant « Réseau Sénèque » qui n'avaient cessé de crier aux apprentis sorciers alors que la science offrait aux hommes des horizons sans fin.

Aston Timan, issu d'une famille modeste du Kentucky, mesurait le mètre quatre-vingt-dix qu'avait demandé son père, ses yeux étaient du vert translucide souhaité par sa mère, les traits de son visage reflétaient la finesse du dessin réalisé par son oncle sur le meilleur écran tactile disponible vingt ans plus tôt, ses cheveux avaient la blondeur vénitienne exigée par sa tante, et le reste de son corps correspondait point par point au cahier des charges fourni par le reste de la famille : concernant la génétique, il n'y avait rien à redire. Le degré de satisfaction était égal en ce qui concernait la bionique insérée dès sa naissance dans les centres vitaux de son cerveau : Aston calculait à la même vitesse qu'un ordinateur de nouvelle génération, disposait dans sa mémoire artificielle de toutes les données existant au sein du « Cloud », et sa force physique avait pu être multipliée par onze grâce aux invisibles prothèses greffées au cours de sa croissance. Il courait le cent mètres en 4,5 secondes, soulevait six cents kilos au développé-couché et pouvait marcher 5,2 jours sans s'arrêter. Quant à son sommeil, il était désormais réduit à trente minutes par vingt-quatre heures.

Dans le domaine de la connectivité, les transhumanistes ayant conçu Aston Timan se montraient tout aussi heureux. Les capteurs et les réseaux de fibres optiques implantés dans sa moelle épinière lui permettaient de connaître en temps réel l'ensemble des événements du monde, d'assimiler à chaque instant la moindre découverte scientifique – en lui évitant tout délai d'apprentissage et de mémorisation – et d'enregistrer la totalité des publications techniques et intellectuelles éditées électroniquement n'importe où sur la planète.

Grâce à Aston Timan, l'abominable finitude de la condition humaine ne serait bientôt plus qu'un mauvais souvenir ; d'autant que sur le point crucial du programme transhumaniste – la vie éternelle – tous les espoirs étaient permis ; on ne pouvait savoir encore si Aston vivrait à l'infini, mais le programme génétique, déposé à l'origine dans son embryon pour combattre le vieillissement, garantissait au moins une demi-douzaine de siècles – et il était permis de penser qu'au cours de cette longue période de nouvelles découvertes permettraient de parvenir à l'immortalité.

En cette année 2056 des vingt ans d'Aston Timan, Google décida de promouvoir mondialement l'image du jeune Américain ; durant trente jours on ne parla que de lui dans les médias. Fait étrange, on constata très vite une chute vertigineuse de la célébrité des personnages de fiction qui pouvaient lui ressembler – les Batman, Spiderman et autres Superman – dont l'attrait ne s'était pourtant pas démenti pendant un siècle. Les fans de ces héros à l'ancienne n'avaient plus d'yeux que pour Aston Timan.

Google lança donc une série télévisée à son nom ; elle fut vendue dans le monde entier à des prix jamais vus et l'entreprise récupéra en moins d'un an l'intégralité de ses investissements. Les milieux concernés parlèrent de la plus grande opération financière de tous les temps.

Certes, il se trouvait quelques points négatifs dans la réussite du parfait « homme augmenté » représenté par Aston Timan. Les partisans du transhumanisme devaient bien admettre que son comportement aurait mérité quelques correctifs : il se laissait aller aux abus de diverses natures que ses pouvoirs exceptionnels lui permettaient et son arrogance avait augmenté en même temps que lui – et, bizarrement, de manière exactement proportionnelle. Cependant, on lui pardonnait beaucoup. Il n'existait qu'un seul Aston Timan sur terre et ses péchés de jeunesse finiraient bien par se corriger avec la production d'autres « hommes augmentés ». Aussi ses géniteurs décidèrent-ils dès l'année 2037 d'en proposer la possibilité à tous les consommateurs qui le désiraient.

Eux-mêmes, quoique impatients du moment où ils pourraient être à l'image du jeune Américain, firent savoir avec abnégation qu'ils attendraient quelques années encore.

Toutefois, « augmenter » un homme déjà parvenu dans la force de l'âge coûtait beaucoup plus cher que le faire à partir d'un nouveau-né ; 234 milliardaires seulement purent s'offrir les services des laboratoires de Google. Les récriminations furent nombreuses chez les fortunés qui ne l'étaient pas assez. Toutefois, 1 246 millionnaires parvinrent à débourser ce qu'il fallait pour inscrire leur progéniture sur la liste d'attente des générations futures.

Les transhumanistes s'estimèrent satisfaits dans l'immédiat ; hélas, quand les prix affichés par Google et les noms des chanceux furent connus des consommateurs du monde entier, il y eut des débuts de contestation un peu partout. Afin de calmer les esprits et contredire les mauvaises langues qui dénonçaient une nouvelle stratégie de domination se mettant en place au profit des plus puissants – qui le deviendraient encore davantage – Google tira au sort dix consommateurs sur ses listings internationaux et promit d'augmenter gratuitement leur progéniture. Les mouvements de révolte s'apaisèrent rapidement et l'on n'en parla plus.

Cette même année 2057 eut lieu un événement capital. Un agitateur du célèbre « Réseau Sénèque » – qui ne cessait de défrayer la chronique par ses excès obscurantistes – fut enfin capturé.

Le prévenu était un Grec de trente ans du nom de Nikos Hiéroclès, portier de son état à Athènes. Il avait été arrêté à Stockholm alors qu'il participait à une campagne de destruction massive de caméras de vidéosurveillance. La police avait raté de peu son complice, un certain Dag Petersson, agent de maintenance des caméras de la ville – qui était en fuite – mais elle tenait Nikos Hiéroclès.

L'interrogatoire de ce dernier ne donna rien ; l'examen de son dossier informatique non plus. Mais une semaine plus tard, l'un des enquêteurs découvrit un détail qui parut fort étonnant à ses supérieurs : Nikos Hiéroclès avait été dans son adolescence un admirateur éperdu de Superman dont il collectionnait la moindre affiche de cinéma et tous les produits dérivés. On interrogea à nouveau le Grec. Cette fois, il répondit sans se faire prier, affirmant que Superman était le meilleur « homme augmenté » jamais imaginé dans les temps anciens où l'humanisme avait encore droit de cité ; il n'y avait chez lui aucun oubli d'augmentation, prétendit-il d'une façon qui parut assez mystérieuse aux policiers. Quand ces derniers le poussèrent dans ses retranchements, Hiéroclès avoua que le « Réseau Sénèque » travaillait lui aussi – et d'arrache-pied – à un programme d'homme augmenté, mais avec beaucoup de difficulté tant il était difficile d'accroître éthiquement un homme. Mais, ajouta-t-il, lorsque cet objectif central serait atteint, lui et ses innombrables camarades accepteraient avec joie n'importe quelle autre forme d'augmentation proposée par les transhumanistes et ne feraient plus obstacle aux décisions des Nations Unies Universelles ; on s'étonna et on lui demanda pourquoi. Le Grec répondit que le « Réseau Sénèque » n'aurait plus de raison d'exister car cet homme « entièrement augmenté » briserait de lui-même les caméras de vidéosurveillance et tout ce qui contribuait à diminuer l'homme. Il acheva sa déposition en citant avec beaucoup de morgue un obscur écrivain subversif des temps passéistes : « Science sans conscience n'est que ruine de l'âme. »

Nikos Hiéroclès fut condamné à dix ans de réclusion en centre de rééducation spécialisé. La presse le conspua, les consommateurs se déclarèrent satisfaits, et on enferma le Grec.

Un an plus tard cependant, le « Réseau Sénèque » continuant à faire des siennes, les transhumanistes eurent l'idée de le ridiculiser en confrontant publiquement Aston Timan et Nikos Hiéroclès dans un duel de compétences aussi bien intellectuelles que physiques. On verrait bien quelle humanité serait la plus forte. Le Grec accepta, l'Américain aussi.

Le duel eut lieu dans la ville de Baton Rouge aux États-Unis devant les médias du monde entier et un tribunal d'experts désignés par les Nations Unies Universelles. À la demande de Nikos Hiéroclès – qui mit cette condition de dernière minute à sa participation –, il fut convenu qu'à l'issue de chaque épreuve les deux hommes se poseraient mutuellement une question, et une seule, à laquelle ils devraient impérativement répondre.

L'affaire débuta par les compétitions sportives ; elles se déroulèrent dans l'enceinte du tout récent stade olympique de la ville. Cependant, malgré la taille gigantesque de ce dernier – il pouvait contenir cinq cent mille consommateurs –, les organisateurs durent refuser du monde tant on se pressa pour assister au spectacle.

Naturellement, Nikos Hiéroclès perdit dans toutes les disciplines : il courut le cent mètres en un lamentable 12,5 secondes, souleva à peine 113 kilos au développé-couché, lança le javelot à moins de 50 mètres, ne franchit pas la barre du 1,5 mètre au saut en hauteur, et se montra incapable d'achever le marathon. Un désastre… À chaque défaite du Grec, les rangs de la foule étaient parcourus de rires interminables, cruellement retransmis à toute l'humanité par des milliers de caméras.

Pour ce qui est des questions clôturant chaque épreuve, Aston Timan se limita à demander invariablement : « Reconnais-tu ta défaite ? » Nikos Hiéroclès répondit non moins invariablement : « Volontiers », et posa lui aussi toujours la même question à son adversaire : « Es-tu heureux ? » Ce à quoi l'Américain ne répondit jamais autrement que par l'affirmative. La planète entière se moqua de Nikos Hiéroclès.

Au cinquième jour débutèrent les épreuves intellectuelles ; elles eurent lieu dans le symposium géant du palais des congrès de la ville où il fallut encore refuser du monde. On installa les deux hommes de part et d'autre d'une grande table de marbre, face au public et à la multitude des caméras, le tribunal des experts se tenant en arc de cercle derrière la table.

Les joutes durèrent huit longues journées, débutant à six heures du matin et s'achevant à minuit précis, sans aucune pause pour déjeuner ou dîner.

Le Grec fut écrasé en calcul mental, pulvérisé aux échecs et au jeu de go, ridiculisé en histoire, anéanti en géographie et en physique, battu à plate couture en musique, peinture, arts plastiques et langues étrangères – Aston Timan les connaissait toutes par cœur, sans exception. Nikos Hiéroclès fut incapable de se souvenir de plus de dix formules mathématiques, de se rappeler la liste des capitales du monde, et cita moins de soixante dates historiques.

Le Grec fut tout aussi médiocre dans la dernière épreuve, celle de philosophie. Il avait oublié les dates de naissance de la plupart des grands penseurs de l'histoire et c'est avec approximation qu'il résuma les doctrines d'à peine la moitié d'entre eux ; il parvint tout juste à se prononcer sur un tiers des polémiques ayant agité les grandes écoles de l'Antiquité et resta très vague quant à leurs conséquences modernes. L'Américain, de son côté, déroula sans difficulté et à toute allure la totalité de ce qui était exigé de lui par les experts du tribunal ; enfin, il acheva de laminer son challenger en condensant la pensée éthique de tous les philosophes ayant existé – ce qui ne lui avait pas été demandé et prit à nouveau de longues heures.

Jusqu'à cette dernière épreuve de philosophie, les questions qu'Aston Timan et Nikos Hiéroclès s'étaient mutuellement posées pour conclure leurs affrontements avaient été identiques à celles des compétitions sportives. Et il en avait été de même pour les réponses.

Mais quand l'Américain eut achevé sa tirade sur tous les systèmes éthiques depuis les débuts de l'humanité, le Grec changea tout à coup de question et demanda : « Lequel de ces systèmes as-tu choisi pour toi-même ? » Aston Timan n'hésita pas une seconde et dit : « Leur profusion interdit toute décision rationnelle. » Puis, interrogeant Nikos Hiéroclès à son tour, il tenta de le confondre : « Et toi, que répondrais-tu à ta propre question ? » Le Grec se contenta de déclarer d'un air entendu : « Rien de ce qui est humain ne m'est étranger » ; cette affirmation laissa Aston Timan rêveur mais eut le don de mettre en fureur le tribunal : c'était la devise vieillotte et bien connue du « Réseau Sénèque ».

Un instant plus tard, Nikos Hiéroclès était déclaré vaincu sans appel et, de surcroît, condamné à douze mois supplémentaires de réclusion en centre de rééducation.

Deux années passèrent. Aston Timan les occupa à devenir le numéro un mondial des consommateurs. Parti de rien depuis son Kentucky natal, il fit l'admiration de tous par cette ascension fulgurante. Le magazine *Enutrof*, qui recensait chaque année les cent plus grands consommateurs de la planète, lui octroya la première place dès le mois de décembre 2040.

Pour parvenir à un tel niveau, Aston Timan s'était allié aux quatre premiers « hommes augmentés » produits après lui par Google ; ensemble, ils avaient formé un club – dit des « meilleurs » – qui prévoyait d'intégrer en son sein tous les hommes de leur espèce au fur et à mesure de leur modification – en attendant l'apparition de la génération qui se préparait en laboratoire avec les nouveau-nés des plus fortunés. Google était le sponsor du club et promettait de l'élargir au plus vite.

D'un point de vue matériel et financier, la puissance d'Aston Timan dépassa en 2041 tout ce que l'on avait connu par le passé. Ses pouvoirs exceptionnels lui permettaient d'élaborer de stupéfiants contrats industriels et d'anticiper le cours des matières premières avec une telle précision qu'il pouvait spéculer sur les marchés sans aucun risque ; sa capacité d'innovation technique se trouvait également en accord parfait avec les désirs des petits consommateurs. Son génie dans la fabrication de nouveaux besoins semblait sans limite – et infini son pouvoir de créer l'air du temps. Il parvint même à inventer des plaisirs nouveaux et inconnus dépassant ceux existant jusqu'alors. Aussi, l'admiration divine que lui portaient les consommateurs avait-elle amené des millions d'entre eux à accepter avec une joie profonde le nouveau statut social qu'il leur avait proposé après avoir convaincu les Nations Unies Universelles des avantages de ce dernier. Ce statut légal, dit de « bienfaits réciproques », assurait aux hommes normaux qui le souhaitaient une sécurité matérielle totale et la garantie à vie de salaires constamment croissants en échange d'une fidélité pleine, entière et définitive, à l'empire économico-financier d'Aston Timan.

À l'annonce officielle de ce nouveau statut, on dénombra quelques révoltes au Ghana, en Patagonie et dans l'île de Timor, où l'on manifesta dans les rues pour dénoncer une forme nouvelle de servitude volontaire – probablement sous l'influence du « Réseau Sénèque ».

Ces mouvements s'amplifièrent les semaines suivantes en France, dans l'archipel des Mentawai et au Vanuatu – avant de gagner la Corée, l'Australie, les Galápagos et même les États-Unis ; dans ces derniers pays, cependant, on protesta surtout contre l'injustice supposée de Google : aucun petit consommateur n'était enregistré sur les listes d'attente des futurs « hommes augmentés » et pas un seul de leurs nouveau-nés ne se trouvait en cours de fabrication.

Pour parer au danger, le pape du transhumanisme, Peter Andrew, eut l'idée de faire beaucoup mieux que le tirage au sort qui avait calmé les esprits trois ans plus tôt avec la désignation de dix consommateurs chanceux. Il proposa d'ouvrir une loterie mondiale qui, chaque année, désignerait au hasard cinq gagnants ; ceux-là se verraient offrir la transformation de leurs futurs enfants. Google joua le jeu, annonça la première loterie pour l'année suivante, et tout rentra dans l'ordre au Ghana, en Patagonie et à Timor. Chacun, désormais, pouvait espérer.

La quatrième année de l'ascension d'Aston Timan et de ses associés s'acheva sur ce succès et la domination incontestable, mais au bénéfice de tous, des premiers « hommes augmentés ».

À la même époque, Google procéda à un examen médical approfondi des cellules de l'Américain – ainsi que le prévoyait la procédure de suivi et de contrôle mise au point par ses scientifiques ; l'analyse de l'évolution de son génome devait permettre une précision plus sûre de la durée de vie qu'on lui avait annoncée lors de ses vingt ans.

Aston Timan connut sa première appréhension. L'examen des experts lui apporta toutefois une nouvelle extraordinaire : le vieillissement de ses cellules se révélait nettement inférieur aux prévisions ; ce n'était pas six siècles qui l'attendaient, mais au moins dix ou douze. La probabilité d'une existence infinie était même parfaitement envisageable à ce stade.

Les transhumanistes ne purent s'empêcher d'annoncer la nouvelle au monde entier : le grand rêve d'éternité couronnant l'augmentation des capacités humaines n'était plus une utopie.

Il se passa alors quelque chose d'inattendu : Aston Timan – qui ne cessait de parcourir le monde pour y travailler et en jouir – s'enferma tout à coup dans l'une de ses luxueuses demeures, absolument seul, et n'en bougea plus. Cette demeure se situait au centième et dernier étage d'une tour qu'il possédait dans la baie de Copacabana, au Brésil ; dix mille mètres carrés de logement automatisé étaient à sa disposition et, de cet endroit, il n'avait besoin de personne pour gérer les affaires de son empire.

Durant un an on ne vit plus Aston Timan et il ne donna aucune nouvelle.

En janvier 2042, Google et les transhumanistes finirent par s'inquiéter sérieusement de ce caprice incompréhensible qui les avait d'abord fait sourire. Ils envoyèrent une délégation au Brésil. Aston Timan la fit attendre. On insista. Finalement, l'Américain accepta de la recevoir à condition que l'entrevue se déroule dans une pièce spéciale de ses appartements, séparée en deux par un mur de verre à toute épreuve.

La rencontre fut brève. À la question de savoir pourquoi il demeurait enfermé, l'Américain répondit qu'il avait tout simplement peur de mourir maintenant que l'éternité lui était promise. Il avait donc décidé de ne plus jamais s'exposer nulle part et de rester définitivement chez lui : c'était encore la meilleure assurance contre les maladies et les accidents. Rien ni personne ne le ferait sortir de cet appartement sécurisé où il disposait de toutes les garanties de survie.

Les gens de Google ne surent quoi répondre ; l'affolement les gagna. Ils cherchèrent une parade mais n'en trouvèrent pas. Comme Aston Timan semblait également triste et malheureux, ils s'en étonnèrent ; il avoua que quelque chose qu'il ne comprenait pas le tracassait depuis peu – et ajoutait à sa peur malgré la fantastique sécurité offerte par ses appartements ; on l'interrogea sur la nature de cette chose et on proposa de l'aider. À la stupéfaction générale, l'Américain annonça qu'il désirait revoir Nikos Hiéroclès. Cette fois, on s'irrita et on demanda ce que le Grec avait à voir avec leur affaire. Aston Timan expliqua que la chose qui le tourmentait était la dernière phrase que Nikos Hiéroclès avait prononcée au soir de leur compétition – elle devait avoir un sens caché et il voulait absolument le découvrir. Il était certain que cela lui serait utile, raison pour laquelle il voulait s'entretenir en tête à tête avec son ancien adversaire – et rien ne le ferait changer d'avis.

La délégation tout entière s'indigna – mais rien ne pouvait être refusé à la puissance infinie du « premier homme augmenté ».

L'équipe de Google se retira et le lendemain on fit sortir Nikos Hiéroclès de son centre de rééducation. On l'emmena sous bonne escorte dans la baie de Copacabana par avion spécial ; il y parvint le 21 janvier 2042 à vingt heures exactement. On le conduisit sans attendre au centième étage de la tour d'Aston Timan et on le laissa seul avec lui.

Leur entrevue dura une heure. Nul ne sut jamais ce que se dirent les deux hommes : car à vingt et une heures et cinq minutes, Aston Timan se jeta par l'une des fenêtres de son luxueux appartement.

Quand on interrogea Nikos Hiéroclès sur les raisons de ce spectaculaire suicide – qui frappa de sidération le monde entier –, le Grec répondit simplement : « Il n'arrivait pas à comprendre. »

Le plus grand des héros

À Tatiana Franceschi

La 5e Avenue de New York était pavoisée comme elle ne l'avait jamais été de toute son histoire ; il y avait davantage de monde sur les trottoirs que lors de la descente de la célèbre avenue par les astronautes de la mission Apollo après leur conquête de la lune en 1969. L'excitation était à son comble, la cohue indescriptible. Une foule tout aussi hystérique se penchait aux fenêtres des immeubles, surchargeait les balcons, envahissait les toits. On trouvait des journalistes partout, brandissant appareils photo et caméras.

La tribune officielle, dressée à l'angle de la 24e Rue, à l'exact centre du dispositif, ployait elle aussi sous la masse des chefs d'État de la planète ; on reconnaissait à leur côté les présidents de l'ensemble des multinationales et tout ce que le show-biz comptait comme vedettes du cinéma, de la chanson et du sport. Il ne manquait personne, les hurlements des spectateurs dépassaient l'imagination, le grand jour était arrivé.

Tout en bas de l'avenue, entouré d'un cordon de sécurité empêchant de l'approcher, N'Kolo Bamba pleurait de joie ; il versait ces larmes pour lui-même mais aussi pour son pays, le Malawi. Ensemble, ils avaient gagné, battu les volontaires des pays les plus puissants, les candidats des peuples les plus nombreux

– de l'Inde à la Chine – et l'heure de gloire était enfin là. Dans quelques instants, il remonterait l'avenue à pied, lentement, profitant de chaque seconde, escorté des motards de la police américaine qui avaient déjà pris place devant lui, formant en son honneur un grand V renversé. Tout en haut de l'avenue, les membres de sa famille l'attendaient, chaperonnés par ses meilleurs amis – et ils les savaient émus comme jamais.

Déjà le peuple acclamait le courage sans égal de N'Kolo Bamba et sa chance inouïe. Des dizaines de milliers d'admirateurs déployaient sur les façades des bâtiments d'immenses banderoles portant son nom en lettres géantes – et des milliers de caméras convergeaient vers ces banderoles, démultipliant sa gloire jusqu'au firmament ; les larmes redoublèrent sur le visage de N'Kolo Bamba, la sueur se mit à perler à son front, son corps fut parcouru de frissons, ses yeux reflétèrent l'extase la plus absolue.

Il leva la tête vers le ciel pour remercier son Dieu ; puis il attendit qu'on lui donne l'ordre de se mettre en marche, se remémorant avec des tremblements incontrôlables les 365 jours éprouvants de cette année 2031 qui venait de s'achever. Il avait bien mérité cette consécration ; il n'avait pas fléchi un seul instant dans sa détermination, dans son espoir fou de vaincre les centaines de millions de consommateurs qui comme lui, et quel qu'en soit le prix, avaient aspiré à détenir le titre d'« homme le plus célèbre du monde » – et il les avait tous vaincus. À aucune des douze étapes du concours il n'avait désespéré. Dans sa cahute branlante du bidonville de Bumlap, il avait, au premier jour de chaque mois, observé sans crainte sur sa vieille télévision l'ordinateur géant de Genève égrener à toute allure, pendant des heures, les noms des candidats recalés au hasard des algorithmes. Il avait toujours été certain que le sien ne figurerait jamais sur ces listes funestes renvoyant à l'anonymat des millions de malheureux. Quoi qu'il arrive, il ne ferait pas partie de ceux qui se suicidaient en apprenant la terrifiante nouvelle de leur éviction – car lui gagnerait.

Il savait que dix milliards d'humains avaient douze fois de suite suivi avec une fascination grandissante ce grand couperet de noms qu'était l'ordinateur de Genève. Et à la douzième fois, vingt et un jours plus tôt, ils avaient ovationné le seul nom qui était demeuré inscrit en lettres de feu sur l'immense écran de cet ordinateur magique : N'KOLO BAMBA. Il avait cru mourir de bonheur.

Maintenant, sous les yeux de ces milliards d'hommes, il allait remonter la fantastique avenue de New York dont il avait tant rêvé ; au terme de cette longue marche, il paierait avec joie le prix de sa célébrité universelle et de sa bravoure sans faille. Il était prêt.

Dans le ciel passèrent les douze patrouilles de chasseurs-bombardiers symbolisant les douze victoires de sa persévérance et la suprématie définitive du hasard pour accéder à la célébrité. Il était le premier homme par lequel ce progrès de la justice s'accomplissait, le premier à proclamer par ses actes l'égalité absolue des hommes devant l'héroïsme et la renommée ; il avait conscience que tous les consommateurs qui le contemplaient en cet instant lui étaient reconnaissants de ce gigantesque pas en avant de l'humanité. Après lui, d'autres héros de la même trempe se succéderaient chaque année sur cette avenue, fiers d'abolir des siècles d'inégalité face à la réputation et à la popularité. Il était heureux.

D'un coup, le silence se fit. Dans les haut-parleurs disséminés le long du parcours, les organisateurs des festivités, issus des plus hautes instances des Nations Unies Universelles, déclarèrent ouverte la cérémonie de victoire de N'Kolo Bamba ; les cris de la foule reprirent aussitôt. Le plus grand événement de tous les temps allait commencer.

Les motards de la police démarrèrent lentement, N'Kolo Bamba fit un pas en avant de la jambe droite, la gauche suivit, et il leva les bras pour saluer le peuple en délire. Un immense cri d'admiration fusa de toutes les poitrines, enflant de seconde en seconde, comme un raz de marée impossible à canaliser. Puis son nom commença à être scandé, de plus en plus fort, de plus en plus vite, et N'Kolo Bamba sentit un prodigieux tournis l'envahir ; ses yeux se brouillèrent et il poursuivit son voyage extraordinaire dans un état second, les oreilles bourdonnantes, l'esprit chaviré.

Les barrières de sécurité érigées de part et d'autre de l'avenue peinaient à contenir l'enthousiasme des deux cent mille privilégiés assistant à son triomphe. Quatre cent mille bras se tendaient vers lui pour se donner l'illusion de le toucher, de s'emparer d'un fragment de son immortalité ; tous ces hommes et ces femmes, tous ces enfants, tous ces vieillards, auraient donné n'importe quoi pour être à la place de leur nouvelle idole et N'Kolo Bamba ne cessait de remercier le destin de l'avoir choisi.

Étreint par ce bonheur sans fin, il ne remarqua pas un petit groupe d'étranges personnages qui se tenaient au coin de la 12e Rue ; ils faisaient tache au milieu de la liesse générale, brandissant des pancartes sur lesquelles on pouvait lire : « Non au narcissisme mondialisé, stade suprême de l'individualisme » ou : « Halte à la montée de l'insignifiance », ou encore : « Oui à l'humanisme combattant ». Toutes ces pancartes étaient signées du fameux « Réseau Sénèque ».

La police n'eut pas le temps d'intervenir. La foule se chargea elle-même de réduire les fâcheux au silence, déchirant et piétinant les pancartes, chassant les importuns à coups de pied et de poing, les dispersant dans les rues avoisinantes. Les inspecteurs arrivés sur place hurlèrent de dépit : il était si difficile d'arrêter les agitateurs de ce réseau insaisissable.

En cet instant, N'Kolo Bamba parvint devant la tribune officielle. Les applaudissements des chefs d'État et de gouvernement, ceux des petites célébrités du show-biz et du *world business*, accrurent sa félicité parfaite. Désormais, il était plus connu que tous ces gens réunis ; sa cote de célébrité atteignait le chiffre absolu de 100 % à la bourse de Rome qui faisait référence.

Conformément au programme, N'Kolo Bamba s'arrêta au milieu de l'avenue, face à la tribune ; il était temps pour lui de répondre aux questions des journalistes sélectionnés par l'ordinateur de Genève. Ils étaient dix et l'entouraient avec respect – dans leurs yeux brillait une intense admiration pour le sacrifice qu'il allait consentir.

« Est-ce le plus beau jour de votre vie ? demanda l'un d'eux, sans aucune originalité.

– Mieux que cela, répondit N'Kolo Bamba, un sanglot dans la voix. C'est le plus grand moment de toute mon existence : comment pourrait-il en être autrement ?

– Vous avez bien raison, renchérit une jeune journaliste énamourée. Les réseaux sociaux sont saturés de messages de félicitations. Cent millions à la minute ; personne n'a jamais connu une telle popularité. Êtes-vous définitivement satisfait ?

– Je le crois, dit N'Kolo Bamba. Mais peut-être devrais-je attendre encore pour me réjouir vraiment. Deux ou trois cents millions de messages à la seconde conviendraient mieux ; ce ne serait que justice, après tout.

– En effet, reconnut un reporter qui brandissait un énorme micro ; vous consentez tout de même à un sacrifice énorme pour cette célébrité. Vous mériteriez davantage. »

Un vieux cameraman l'interrompit : « Avez-vous un ultime message pour la planète ? Tout le monde vous écoute.

– Oui, j'ai un message, déclara N'Kolo Bamba après un instant de réflexion. Je veux dire ceci à la jeunesse : suivez mon exemple. La gloire ne doit plus jamais être réservée à ceux qui accomplissent de grandes choses. Pourquoi seules les prouesses permettraient-elles de se hisser hors de l'ordinaire ? C'est d'une injustice criante pour nous autres les anonymes. Mais tout est en train de changer ; après des siècles d'obscurantisme, l'espoir existe enfin pour nous aujourd'hui. Multiplions ces chances et l'avenir nous appartiendra. »

À ces mots, les cris de joie de la foule atteignirent une intensité prodigieuse. Quand ils se calmèrent enfin, l'un des journalistes tenta de poser une nouvelle question mais N'Kolo Bamba jugea qu'il pouvait l'ignorer : il était quelqu'un désormais – et il avait hâte de poursuivre son chemin vers le triomphe absolu. Il reprit sa marche, les deux bras dressés vers le ciel pour saluer ses admirateurs. Du haut des immeubles, des nuages de confettis dorés se mirent à pleuvoir et ceux qui l'atteignaient restaient collés à sa peau couverte de sueur. Il arracha sa chemise, jeta au loin son pantalon, et continua ainsi, presque nu, sous cette avalanche ; bientôt, il ressembla à ce qu'il était devenu : une idole d'or.

Il parcourut la seconde partie de son voyage le plus lentement possible ; il tenait à savourer ces instants magiques autant qu'il le pouvait encore. Maintenant, il ne pleurait plus et contemplait fixement l'estrade dressée à l'extrémité de l'avenue ; elle grandissait à chacun de ses pas, grandiose et magnifique. En son centre, une lourde bâche argentée, symbolisant la lumière, dissimulait un énorme objet. Comme tout le monde, N'Kolo Bamba savait que cet objet représentait la preuve ultime de sa gloire posthume et il avait hâte de l'atteindre. Une émotion nouvelle s'empara de lui.

Il aperçut en même temps, massés derrière les plis majestueux de la bâche argentée, les membres de sa famille au grand complet, accompagnés de ses amis les plus proches. Il ressentit tout au fond de lui l'amour sans limite qu'il leur portait. Encore cent mètres et il les embrasserait comme jamais il ne l'avait fait, aussi fier d'eux qu'ils l'étaient de lui-même.

À ce moment précis, sur un ordre venu des haut-parleurs, les vociférations de la foule cessèrent et l'avenue fut plongée dans un silence total. Quelques secondes plus tard, les écrans de télévision du monde entier affichèrent un compte à rebours sous l'image de N'Kolo Bamba franchissant les cent derniers mètres qui le séparaient de la célébrité universelle : 100, 99, 98… Une seconde pour chaque mètre. La planète entière retint son souffle.

Enfin, N'Kolo Bamba fut au pied de l'estrade, face aux marches. Impressionné malgré lui, il contempla cette estrade avec un émoi renouvelé. Sa mère vint l'embrasser en pleurant, son vieux père fit de même ainsi que ses frères, ses sœurs et tous ses amis ; après quoi, ils reprirent leurs places, les mains jointes dans le dos. L'instant devenait solennel. N'Kolo Bamba allait enfin consentir au sacrifice suprême pour la suprême célébrité – cette félicité enviée par tous.

Dans un silence irréel, quatre hommes en uniforme vinrent se placer sur la gauche de la bâche et se mirent au garde-à-vous. L'hymne national du Malawi retentit partout sur la 5e Avenue et avec une lenteur cérémonieuse, les quatre soldats firent glisser la bâche sur le sol, découvrant l'objet qui incarnait le courage absolu. Les clameurs de la foule en délire reprirent instantanément.

N'Kolo Bamba gravit les marches de l'estrade sans hésitation, s'allongea sur la planche qui l'attendait, et posa la tête à l'endroit voulu. Le peuple l'acclama une dernière fois avec des cris d'une ferveur démentielle – et le couperet de la guillotine tomba.

Da Silva s’en va…

À Christian Prost

Joao Da Silva referma derrière lui la porte monumentale de son penthouse de la rue Paulo Freitas à Lisbonne et fit face à la ravissante Angélique qui l'avait précédé. C'était une femme d'une vingtaine d'années, aussi belle et distinguée que lui-même était vieux et laid, avec ses cent kilos de graisse mal répartis sur son corps difforme et ses soixante-dix ans bien visibles. Il était heureux.

« C'est drôlement chouette chez toi, mon chou », s'exclama Angélique en admirant l'immense entrée de l'appartement couverte de dorures de mauvais goût et de stuc prétentieux.

En temps normal, Da Silva se serait étonné de ce ton vulgaire qui ne cadrait guère avec l'élégance naturelle de la jeune femme, la grâce de sa démarche, la rousseur éthérée de sa chevelure tombant jusque sur ses épaules, et la pâleur délicate de sa peau diaphane. Mais il était trois heures du matin, il avait beaucoup bu et beaucoup dansé avec Angélique pour parvenir à l'entraîner jusque chez lui, et il se sentait trop fatigué pour songer à autre chose qu'à cette incroyable victoire.

« Viens par là, ma jolie, lui lança-t-il d'une voix enrouée ; tu n'as encore rien vu. »

Il prit sa main et l'entraîna dans un grand salon design aux murs aveugles, aménagé de manière très fonctionnelle et décoré d'immonde façon, les photos de pin-up des années 1950 étant encore ce qu'il y avait de moins pire... Dans un angle se trouvait un vaste espace de travail meublé d'un bureau de style Empire, d'un canapé de cuir rouge et d'une table basse en laque blanche ; des rangées d'ordinateurs ultramodernes étaient disposées tout autour, sur des étagères en métal noir.

Da Silva laissa tomber son corps de baleine sur le canapé et tapota la place à côté de lui : « Assieds-toi là, beauté, il faut que je te parle. »

Depuis qu'il avait rencontré la somptueuse Anglaise au night-club « Best House » trois jours plus tôt, il avait longuement réfléchi à ce qu'il allait lui proposer, soupesant avantages et inconvénients. Cette créature représentait ce dont il avait toujours rêvé pour égayer les dernières années de sa vie, tout entière consacrée à bâtir le royaume auquel il aspirait dans son adolescence de petit voyou de banlieue. Il avait jusque-là négligé les vrais plaisirs féminins et il était temps de changer. Cinquante ans à consommer des prostituées de luxe sans saveur auraient lassé n'importe qui. Sa certitude d'avoir fait le bon choix s'était renforcée quand Angélique avait accepté de le revoir le lendemain de leur première rencontre – et encore une fois le soir même : elle dégageait quelque chose de parfait.

La jeune femme s'assit sans façon près de lui, alluma une cigarette, et l'observa d'un regard indéfinissable.

« Voilà, commença Da Silva en posant une main toute poilue sur sa cuisse gainée d'un bas transparent. Dans huit jours, le 17 mars 2027, je vais fêter mes soixante-dix ans. Si tout va bien pour ma pomme, j'ai une bonne décennie devant moi avant de crever comme une outre – c'est ce que me prédisent les médecins. Tu vois où je veux en venir ?… »

Angélique haussa les épaules avec une mimique interrogative qui arrondit ses grands yeux cobalt.

Da Silva grogna : « C'est simple, ma petite sirène ; j'ai envie d'être gâté et soigné à domicile – si on peut dire. Gâté comme un prince pendant tout ce temps qu'il me reste à vivre. Alors, je ne vais pas y aller par quatre chemins avec toi – et pour une fois, pas par Internet : tu m'épouses et ta fortune est faite. Tu vois, c'est pas compliqué et tu n'as pas idée du pognon dont je dispose. Réfléchis un peu à ce que je te propose : quand je vais clamser, un pactole mirobolant t'attendra à la banque ; à ce moment-là, tu auras à peine plus de trente ans et tout le temps qu'il faut pour refaire ta vie avec qui tu veux. Refuse pas un truc pareil. En plus, je t'apprendrai mon boulot ; tu géreras mon empire après moi et tu feras fructifier ta thune ; tu vas crouler sous le blé, ma cocotte. Des milliards d'équivalent argent… »

Angélique hocha la tête, impressionnée : « C'est drôlement classique ton affaire, mon nounours, mais vachement tentant, je dois dire… » Elle réfléchit : « Il faudra que je fasse quoi au juste ? Que je te… »

Da Silva fit oui de la tête.

« Et aussi que je… »

Le gros homme éclata de rire : « Évidemment !

– Bon, pourquoi pas, après tout, soupira la jeune femme avec un sourire étrange. Mais c'est quoi ton empire, exactement ? »

Da Silva prit l'une des nombreuses télécommandes placées sur la table basse et alluma les écrans d'ordinateurs qui lui faisaient face. Des graphiques apparurent, des textes codés, des suites de chiffres incompréhensibles, des diagrammes tout aussi obscurs, et ce qui semblait être des formulaires de commande, des contrats, des passations d'ordres.

« Je ne comprends rien à tes machins, fit Angélique avec un geste agacé ; il faut que tu m'expliques.

– Je suis là pour ça, ma belle, s'amusa Da Silva dont la main remonta insensiblement le long de la cuisse de la jeune femme pour écarter le tissu léger de sa robe. Alors, écoute bien ; on va commencer par l'écran de gauche. Le graphique que tu vois, celui qui monte, c'est une cote boursière un peu spéciale : on ne la tient que dans mon milieu. C'est la cote de la vulgarité populaire dans le monde. Elle est établie par les meilleurs experts de mes sociétés légales ; ils disposent de tous les paramètres nécessaires pour affiner la courbe chaque jour. Je travaille beaucoup dans le secteur de la vulgarité. J'ai encore investi cent millions là-dedans le mois dernier. C'est du flouze directement perdu pour mes comptes annuels, mais je ne peux pas faire autrement – souviens-toi de ça pour l'avenir. Trente-cinq pour cent de mes activités officielles fonctionnent grâce à la vulgarité : plus elle grimpe, mieux ça gaze pour les gens de ma sorte ; c'est notre fonds de commerce.

– Ah, mon gros loulou, je comprends maintenant pourquoi tu es comme tu es, dit Angélique avec un sourire moqueur.

– Il faut être à l'unisson de ses activités, répondit sentencieusement le gros poussah. Si tu regardes attentivement les prochaines pubs pour parfums et cosmétiques, tu vas piger. J'ai fait un pont d'or à toutes les foutues compagnies qui ont pignon sur rue dans ce domaine et elles vont enfin faire évoluer leurs spots comme je l'entends : bien vulgaires ; ça m'a coûté un max mais il faut qu'on en finisse un jour avec tout ce qui a de la "classe" ; ça fait trop gamberger les gens.

– Oh, tu crois ?

– Je crois pas : j'en suis certain ; je connais la musique. Et ne t'étonne pas qu'un mec dans mon genre soit dans les trucs de luxe pour nanas ; j'ai dû me diversifier et m'adapter, qu'est-ce que tu crois ! On n'est plus à l'heure du "crime organisé" et de ses spécialités. Les gens comme moi doivent rester dans le coup.

– Mais on est à l'heure de quoi ? » s'étonna la jeune femme.

Da Silva s'amusa de la question : « À l'heure du "crime mondialisé", ma poule. C'est le stade supérieur de la criminalité moderne, son stade suprême même – si tu veux tout savoir.

– Eh ben, dis donc, murmura Angélique, t'en connais des choses. »

Da Silva se rengorgea : « Tu vas comprendre : dans ma jeunesse, quand le crime était seulement organisé et qu'on donnait juste dans la drogue, les putes ou le jeu, il fallait qu'on se casse la tête tous les jours pour monter des organisations compliquées, avec des ramifications très sophistiquées – mais que ces mauvais plaisants de la police finissaient toujours par démolir. Un coup, on gagnait sur la drogue, le coup d'après on perdait sur la prostitution ou autre chose ; les flics nous démantelaient nos filières aussi régulièrement que les vieilles horloges donnaient l'heure. On n'en finissait pas de tout rebâtir, de devoir trouver de nouveaux associés ; il fallait toujours tout recommencer…

– Oh, c'était quand même passionnant, l'interrompit Angélique.

– Foutaise, grogna Da Silva. Il y avait de sacrés risques au temps du crime organisé ; il fallait engager du monde, s'entourer de toute une bande de gens incertains, on devait se déplacer pour rencontrer nos associés – et quand on devait voir nos rivaux en direct pour passer des deals, on ne savait jamais comment ça finirait. Nos réseaux pouvaient se faire infiltrer par n'importe qui, les communications n'étaient jamais parfaitement sûres, et tout le monde pouvait truander tout le monde ; ça flinguait à tout-va.

– Alors que maintenant... »

Da Silva laissa échapper un soupir d'aise : « Maintenant, ma jolie, tu n'as pas idée de ce que les nouvelles technologies et la mondialisation nous ont apporté : une diversification sans limite. Je bosse partout où ça rapporte : les faux médocs, l'immobilier souterrain, l'influence politique, la contrefaçon en tous genres, le lobbying. Et je peux tout faire seul depuis ce penthouse dont nul ne connaît le vrai propriétaire ; personne ne sait qui je suis. Je n'ai même plus besoin de me déplacer ou de rencontrer qui que ce soit. Terminé le risque de se faire flinguer dans la rue ou dans une négociation à haut risque – et encore moins d'être pris en filature par les poulets, hein... Tout passe par le numérique et le « Cloud ». Les algorithmes de chiffrage de mes communications cryptées sont prodigieux et changent sans cesse. Je suis absolument tranquille ; les écrans d'ordinateurs que tu vois sont de véritables "écrans" : ils cachent tout ce que mes collègues et moi faisons. Les gens ordinaires n'imaginent pas...

– Formidable, murmura Angélique qui paraissait tout excitée.

– Et ce n'est pas fini, ajouta Da Silva avec un gloussement de satisfaction. Je ne suis pas pour rien le numéro trois – d'après mes calculs – du crime mondialisé. Regarde le deuxième ordinateur.

– Il y a quoi dessus, mon chou ?

– Mes filières de drogue ; je donne encore dans ce genre de choses très "classiques" – je fournis toujours de la cocaïne, de l'héroïne, un peu de haschich, il faut ce qu'il faut pour les vieux schnocks – mais, naturellement, j'ai modernisé le reste ; je produis surtout des pilules à molécules artificielles superrentables. Les progrès de la science ouvrent des perspectives dont tu n'as pas idée.

– Eh ben, ça alors, fit la jeune Anglaise d'un air ébahi.

– Mais aujourd'hui, reprit Da Silva, je n'ai plus besoin de me soucier de la sécurité de mes laboratoires de fabrication ; je ne sais même pas où ils se trouvent – j'ai tout externalisé, je bosse avec une dizaine de spécialistes dans le monde ; ils ont monté leurs propres entreprises et je n'ai aucun besoin de connaître leur nom ou leur nationalité : je commande, ils fabriquent, et une autre entreprise, tout aussi anonyme pour eux comme pour moi, transporte les cargaisons là où j'en ai besoin, par des réseaux que j'ignore totalement. Je paie quand les revendeurs reçoivent leurs stocks et font leurs ventes de détail via le "Cloud", toujours. Ces revendeurs, je ne les ai jamais vus non plus ; ils sont réunis dans un syndicat dont je sais juste le nom de code et les coordonnées cryptées pour assurer nos affaires sur la Toile – c'est tout. Sécurité totale pour moi. Personne ne peut remonter jusqu'à ma pomme… »

Angélique semblait fascinée. Elle demanda : « Mais pour récupérer le pognon, tu fais comment, mon gros loup ? »

Da Silva désigna le troisième écran : « Mes flux financiers sont là-dessus. Ils sont en clair à cette étape finale, sinon je ne m'y retrouverais jamais : parce qu'au départ, c'est un sacré sac de nœuds – mais drôlement bien fichu. Les revendeurs me renvoient mon fric et mes marges bénéficiaires par des réseaux financiers qu'ils ont eux-mêmes externalisés. Chaque flux d'argent part dans tous les sens pendant des heures, dans des millions de sociétés anonymes situées dans cent cinquante pays ; rien que des fausses pistes, évidemment ; ces sociétés se reversent l'argent les unes aux autres avec des variations de montants si bien pensées par mes algorithmes que la destination finale est intraçable. Et ces transactions sont devenues si rapides pour être invisibles – de l'ordre du milliardième de seconde – et cryptées tellement de fois et à tellement d'endroits différents, qu'une chatte n'y retrouverait pas ses petits. Ni vu ni connu…

– Eh ben, dis donc », répéta la jeune femme.

Da Silva s'exclama joyeusement : « Vive le "Cloud", Internet, les algorithmes, et tout le reste, ma belle ; j'encaisse et c'est tout. Plus besoin de paradis fiscaux comme avant – que les flics et leurs sbires pouvaient toujours surveiller pour nous coxer.

– Et tu n'as jamais de problèmes ? demanda Angélique en posant une main pleine de déférence sur celle de Da Silva qui en était au niveau de l'aine.

– Oh si, évidemment, grommela le gros homme. Les boss comme moi ont toujours des concurrents malveillants. Je ne sais pas qui ils sont, ils ne me connaissent pas, mais ils essaient de piquer mon blé avec les mêmes méthodes que les miennes, ou de s'emparer de mes marchés. » Il soupira : « De ce côté-là, rien n'a changé. Tu es trop jeune pour comprendre ça, ma cocotte, mais la nature humaine, crois-moi, on ne va pas la modifier demain…

– Et tu fais quoi dans ces cas-là, mon petit empereur ? »

Da Silva se mit à ricaner : « Autrefois, j'envoyais mes porte-flingue remettre de l'ordre, nettoyer un peu – ou dépeupler carrément… Mais si mes gars se faisaient piquer, on pouvait remonter jusqu'à moi et j'étais parfois obligé de foutre le camp à l'autre bout de la planète. Désormais, plus besoin de jouer à ces conneries ; je fais appel à l'un des huit syndicats spécialisés dans l'assassinat direct et le tour est joué ; ce sont de petits sous-traitants, mais très efficaces. Je passe des contrats cryptés avec eux par Internet pour une somme convenue d'avance et ils font le travail. Ils ne savent même pas qui leur passe commande et je ne sais pas la tête qu'ils ont. C'est parfait là encore.

– Formidable, dit Angélique. Plus aucun risque direct. »

Da Silva s'esclaffa : « Ce que c'est que la modernité, quand même ! Les anciens cartels, les mafias, les triades, les bandes organisées, tout ça a fini par muter comme moi ou finira par disparaître pour ceux qui ne pigent toujours pas. C'est ça la mondialisation du crime, ma jolie : bien anonyme et aseptisé en apparence, parfaitement ficelé, invisible mais omniprésent, avec des gens dans mon genre qui s'infiltrent partout, tranquillement assis devant des batteries d'ordinateurs. Peinards, quoi… Les flics peuvent bien détruire ce que j'ai sur le terrain, je m'en fiche, ce n'est pas vraiment à moi ; je fais tout renaître ailleurs par quelques clics de souris, avec des bandes de voyous à l'ancienne en bout de chaîne – des gens qui n'ont rien compris à ce qui se passe de nos jours et qu'on remplace facilement. Plus besoin de se mélanger à cette racaille de bas étage. Je tire les ficelles de loin. Regarde maintenant l'écran suivant. C'est mon réseau de prostitution. Du classique encore, mais adapté à notre époque, là aussi.

– Tu fais toujours là-dedans, mon minet ?

– Tu penses ! Ça rapporte autant qu'autrefois. Sauf que je travaille sur deux cent cinquante-trois villes dans le monde, huit cent douze bordels, et plus de trois mille filles que je n'ai jamais vues. D'ici, je reçois en direct les besoins et j'adapte l'offre à la demande en quelques courriels codés ; je ne me mêle plus à la piétaille et personne ne sait que j'existe. C'est pas beau, ça ? Même chose pour les casinos que tu vois sur l'écran suivant. Grâce à des montages de sociétés comme il faut, je suis propriétaire de cent quarante-huit lieux de jeu sur le globe sans que quiconque le sache. Tu ne peux pas imaginer la jouissance que j'éprouve – que tu éprouveras bientôt – à donner des ordres à des inconnus en étant inconnu d'eux…

– Oh oui, c'est chouette, approuva Angélique.

– Les écrans suivants, c'est encore le pied, mon trésor. Ils indiquent le niveau de corruption que j'ai pu atteindre dans les centres de décision politiques et économiques dont mes affaires importantes dépendent – et que j'ai déjà pu mettre sous influence sans qu'ils s'en rendent vraiment compte.

– Alors là, tu me bottes, murmura Angélique.

– Que veux-tu, plastronna Da Silva, je sais y faire ; mais ce n'est pas très compliqué en réalité. Il suffit de s'engouffrer dans le vide spirituel du monde en le remplissant de vulgarité et d'insignifiance. » Il pouffa de plaisir : « Ce que je viens de dire, c'est beau comme un calendrier de routiers…

– Je suis bien d'accord, approuva la jeune Anglaise d'un air toujours plus admiratif. T'es vraiment fortiche, mon gros sucre d'orge. »

Da Silva poursuivit : « Tu n'imagines pas le nombre de célébrités politiques et économiques qui travaillent pour moi sans le savoir. L'argent mondialisé fait des miracles... Figure-toi que mon empire – le tien bientôt – je l'ai baptisé pour moi-même d'un nom qui va te faire rigoler : "Crime sans frontières". C'est pas magique, ça ! Un beau pied de nez à tous ces innocents qui croyaient faire un monde meilleur en supprimant les frontières ; l'inverse s'est produit et j'en bénirais le ciel si je croyais en Dieu. Ce ratatinement des États, quelle libération ça a été pour mon job... »

Angélique contempla le gros homme avec des yeux éperdus : « T'es sacrément fort, dis donc ! Alors, comme ça, tous ces as de la politique que je vois à la télé, ils travaillent pour toi ?

– Un bon nombre, ma jolie, répondit Da Silva en commençant à masser l'entrecuisse de la jeune femme. Je paie ces mecs sans qu'ils le sachent, par toutes sortes de moyens et de circuits, je n'apparais nulle part, et ils me pondent les lois ou les règlements qui arrangent mes affaires : surtout pour les jeux, la prostitution, ou les transactions financières légales – ce qui est la même chose, au fond.

– T'es un balèze, mon lapin, dit Angélique en laissant faire la main de Da Silva. Et c'est quoi les écrans suivants ? »

Le vieux bandit secoua sa grosse tête en gloussant : « C'est ma marque de fabrique personnelle, ce sur quoi mes concurrents ne travaillent pas encore assez, hélas pour eux. »

Il pointa du doigt l'avant-dernier ordinateur : « Celui-là me fait le bilan, heure par heure, des petites manips que je monte pour favoriser mes différents business. Exemple : j'ai besoin qu'on facilite quelque part l'envie de haschich car les ventes stagnent à un moment donné ? Je finance – ni vu ni connu, là encore – un chanteur dans le vent qui aime la dope ; il me met une chansonnette à sa manière sur les réseaux sociaux, je fais un peu de promo par d'autres biais tout aussi dissimulés, et hop, les ventes repartent ! Si j'ai un problème avec un relâchement coupable de la consommation de prostituées, je provoque quelques débats publics à la télé sur les bienfaits de ce type de liberté pour distraire l'homme de sa condition, et les clients affluent de nouveau.

– C'est vachement chouette, quand même, s'extasia encore Angélique.

– Tu peux le dire. Autre chose aussi : quand les mecs qui tâtent pour moi l'air du temps me signalent un dangereux regain d'éthique ici ou là – surtout à cause de ces abrutis du "Réseau Sénèque" –, je fais organiser de nouveaux jeux télé exaltant l'élimination des plus faibles ; ou alors, je lance une campagne de pub vantant les métiers les plus amoraux qui soient aux yeux de ces gens-là – genre traders aux dents longues gagnant des fortunes sur le dos des petits actionnaires – et on n'en parle plus. Qui pourrait m'empêcher de faire tout ça, alors que personne ne sait que j'existe comme je suis ?

– C'est génial, la mondialisation du crime », murmura Angélique, ravie.

Da Silva lui enleva sa culotte et dit : « L'écran du dernier ordinateur couronne mon empire dans deux domaines importants, mon petit pigeon : la courbe que tu vois à gauche indique le succès de mes investissements dans la formation du peuple aux progrès des nouvelles technologies. Je finance discrètement des tas d'écoles pour les décervelés qui considèrent ces technologies comme le veau d'or. Résultat : chaque fois qu'un programme informatique sort d'une de mes écoles, c'est comme si j'éliminais un poète ou un type qui pense pas comme il faut. C'est mon plaisir à moi ; ces gens-là me chient toujours sur les bottes.

– Et la courbe de droite, mon petit Mussolini ? »

Da Silva rougit sous le compliment : « C'est la courbe qui précise où j'en suis de l'étouffement des organisations de malveillants – comme le "Réseau Sénèque" en premier lieu. Ces cochons me causent des tas de soucis avec leur morale à la noix ou des trucs du même genre. Je les mets au pas chaque fois que je peux.

– Eh ben, dis donc, t'en mènes des combats, mon gros loup. »

Angélique paraissait sincèrement transportée. Da Silva ne put s'empêcher de se vanter : « Avec un empire comme le mien, il faut posséder une vraie philosophie, ma petite chérie. Je fais dans le lourd comme tu l'as vu, et il se pourrait même que je sois l'un des principaux promoteurs de la servitude volontaire. C'est pas beau, ça ?

– C'est merveilleux, s'extasia la jeune Anglaise. T'es un mec épatant. Ta vulgarité militante est vraiment jouissive. Mais, dis-moi : avec tout ce que tu fais, tu te sens quand même en sécurité dans ton penthouse ? Tu dois avoir des tas d'ennemis, non ?

– Juste mes concurrents des autres empires, comme je t'ai dit, répondit Da Silva d'un geste insouciant de sa main libre. Mais, comme je te l'ai expliqué aussi, ils ne savent pas qui je suis et je ne sais pas qui ils sont. Alors, y a pas de quoi s'inquiéter. »

Angélique laissa échapper un petit rire mutin : « Je comprends que tu ne regrettes pas les temps anciens. »

Da Silva haussa les épaules : « Ça m'arrive quand même, tu sais ; parce que je m'ennuie un peu ici. C'est pour cette raison que je garde toujours sur moi un vieux souvenir de cette époque. Regarde ! »

Il exhiba de sous sa veste un gros pistolet qu'il contempla d'un air nostalgique : « Dans le temps, je m'en servais pas mal, dit-il. J'en ai fait de belles avec ce putain de flingue ; maintenant je le garde juste comme fétiche. C'est un Glock autrichien : 14 coups. De la belle ouvrage. On n'en trouve plus des comme ça. Tiens, pèse un peu pour voir… »

Il tendit l'arme à la jeune femme qui se mit à la triturer dans tous les sens, ses yeux de cobalt brillant d'amusement.

« Alors, reprit Da Silva, tu as réfléchi à ma proposition, à notre petit contrat de mariage ? »

Angélique gloussa : « Tu sais, mon gros, toutes tes affaires, finalement, ça doit être un peu lassant à la longue, non ? »

Elle tira la culasse du Glock en arrière tout en poursuivant : « Et puis, pour tout t'avouer, je préfère rester à ma place, là où je ne risque pas grand-chose, contrairement à toi. »

Da Silva leva un œil étonné : « Que veux-tu dire, ma belle ? »

Angélique eut le sourire des renards lorsqu'ils entrent dans un poulailler : « Oh, rien de spécial, répondit-elle. C'est juste qu'il y a huit jours, j'ai reçu un contrat par le "Cloud" et cent mille équivalent argent d'avance pour un boulot dans mes cordes. Le contrat, c'était toi, mon chou – avec le mot-code classique : le nom de la cible et le mot "s'en va". Je suis free-lance dans l'un des huit syndicats anonymes du meurtre discret. "Da Silva s'en va", c'est mon job d'aujourd'hui. Que veux-tu, il n'y a pas que toi qui nous utilises et tu gênes visiblement des concurrents du crime mondialisé. Ou alors, ce sont les gens du "Réseau Sénèque" qui t'en veulent ; va savoir, hein, dans ces histoires biscornues ! C'est con quand même ; d'autant que je dois aussi emporter tous tes ordinateurs ; tes petits secrets intéressent mon client. Mais je te laisse ma culotte en souvenir… »

Et sans autre cérémonie, elle lui tira deux balles dans la tête.

Le massacre des innocents

À Sylvain Tesson

Statistiques de la PMU
(Police Mondiale Universelle)
Relevé des « événements de masse »
Semaine du 14 au 20 mars 2051

14 mars 2051 : *deux événements.*

8 h 10 – États-Unis d'Amérique : suppression au couteau de boucher de quatorze enfants de la maternelle du quartier nord de Minneapolis. *Fautive* : Joah Houston, institutrice de trente-quatre ans. *Motif* : altercation avec le directeur de la maternelle à propos des horaires d'encadrement. *Jugement* : excuse justifiée du report d'insatisfaction sur les enfants compte tenu de l'état dépressif de la fautive. *Sanction* : six mois de rééducation en centre spécialisé.

14 h 25 – Démocratie capitaliste de Chine : abus sexuels en réunion (ancienne appellation : viol) de l'ouvrière Shi Ling dans les vestiaires de l'usine de chaussures du quartier sud de Shanghai. *Fautifs* : vingt-huit de ses collègues masculins. *Motif* : conditions de travail dénuées de distractions aux périodes de repos. *Jugement* : motif recevable du fait des cadences de production. *Sanction* : obligation de réorganisation des loisirs pour l'usine et six jours de privation de liberté en domicile clos pour les vingt-huit prévenus.

15 mars 2051 – *trois événements.*

9 h 52 – République contre-révolutionnaire du Venezuela : fin de vie à la tronçonneuse de trente-deux bûcherons de la scierie principale de Maracaibo. *Fautif* : Miguel Cornavado, contremaître aux ateliers, cinquante-huit ans. *Motif* : irritabilité due à la qualité du travail, non conforme aux normes en vigueur. *Jugement* : circonstances compréhensives au regard des antécédents psychologiques du fautif. *Sanction* : licenciement sans appointements.

17 h 23 – République française réunifiée : attentat terroriste conforme aux habitudes dans le village de Voisines, Yonne. Treize consommateurs perdus par lapidation, six blessés. *Fautif* : Mamadou Diallo, quarante-trois ans, agriculteur du village. *Motif* : perpétuation du devoir de mémoire anticolonial. *Jugement* : raison compréhensive au regard de l'histoire. *Sanction* : parcours de déradicalisation complet et mise à l'épreuve de deux ans.

22 h 59 – République autonome de Centrafrique : attaque à la machette de l'imam saoudien de la mosquée de Bouar et de ses fidèles. Neuf personnes sans vie. *Fautif* : Paul Damba, chrétien de vingt-trois ans, éleveur de chèvres. *Motif* : réciprocité des devoirs de mémoire anticoloniaux après l'attentat de Voisines le matin même. *Jugement* : raison compréhensive au regard de l'histoire saoudienne. *Sanction* : parcours de déradicalisation complet et mise à l'épreuve de deux ans.

16 mars 2051 – *deux événements.*

10 h 26 – États catholiques d'Europe centrale : suppression de vie par pistolet de dix-huit piétons de la rue Mokotovska à Varsovie. *Fautif* : Oleg Klavinsky, sans-abri de cinquante et un ans, ancien alcoolique, éliminé par les forces de l'ordre au cours de l'événement de masse. *Motif* : inconnu, le fautif n'ayant pu s'exprimer. *Jugement* : violence disproportionnée dans la procédure d'arrestation. *Sanction* : suspension pour voie de fait des trois policiers coupables.

17 h 13 – Confédération sociale du Paraguay et de l'Uruguay : élimination par fusil de chasse à Asunción des six membres de la famille Alexandro. *Fautif* : Jorge Amado, quarante-deux ans, employé au cadastre de la ville. *Motif* : différend amoureux avec son épouse et report de colère sur la famille la plus proche par souci de protection de la sienne propre. *Jugement* : circonstances atténuantes au regard du déséquilibre hormonal du fautif et de la prise en compte de sa volonté d'épargner sa famille. *Sanction* : condamnation à un régime alimentaire strict en compléments hormonaux, sous contrôle médical.

17 mars 2051 – *quatre événements.*

6 h 35 – Monarchie populaire du Kazakhstan : suppression de vie par arme de guerre automatique de quatorze hommes d'affaires arméniens en visite protocolaire à Taraz. *Fautif* : Dolman Elifsu, vendeur ambulant de vingt-neuf ans. *Motif* : révolte contre les

inégalités sociales. *Jugement* : circonstances compréhensives compte tenu du différentiel de salaires entre le fautif et les récipiendaires de ses actes. *Sanction* : stage d'une année sans salaire à l'Institut pour la promotion de l'égalité des chances.

7 h 48 – Vietnam nouveau : élimination par empoisonnement de cent vingt-trois étudiants de l'université de Hanoi au cours de leur petit déjeuner à la cantine. *Fautive* : N'Guyen Dong, étudiante de vingt-trois ans en master de chimie. *Motif* : crise de nerfs après l'annonce de son échec aux examens. *Jugement* : circonstances aggravantes au vu de la préméditation de l'acte d'empoisonnement. *Sanction* : interdiction de la poursuite des études et parcours de soins individualisé à l'hôpital spécialisé en traumatismes d'événements de masse de Saigon.

13 h 26 – Royaume d'Australie et de Norfolk : perte de vie de onze clients du restaurant français « La belle fourchette » à Adélaïde par étranglement et coups divers avec objet contondant. *Fautif* : John Colston, déséquilibré connu des services sociaux de la ville. *Motif* : mécontentement des conditions d'hygiène du restaurant. *Jugement* : raison recevable au vu de l'enquête des services sanitaires concernant l'établissement, mais réaction disproportionnée. *Sanction* : accentuation des soins du fautif en service de jour.

20 h 17 – Principauté de Nouvelle-Zélande : sept blessés par arme blanche au restaurant chinois « La muraille de Chine » de la ville de Wellington. *Fautif* : Émile Bourroux, émigrant belge de soixante-trois ans, ouvrier métallurgiste. *Motif* : besoin de mimétisme

après l'événement de masse d'Adélaïde. *Jugement* : raison non recevable. *Sanction* : renvoi dans son pays d'origine.

18 mars 2051 – *3 événements.*

8 h 12 – Royaume de Britannie et d'Irlande du Sud : suppression de vie de trente-deux usagers du train effectuant la liaison Londres-Édimbourg, par explosion humaine à la bombe. *Fautif* : Irwing Sterling, Écossais de vingt et un ans, étudiant en philosophie politique à Liverpool, disparu avec sa bombe. *Motif* : solidarité internationaliste avec les réprouvés de tous les pays (affirmé par lettre recommandée à la reine le jour même). *Jugement* : disproportion entre les raisons invoquées et les moyens utilisés. *Sanction* : obligation faite à son université de dispenser un cours de sensibilisation aux théories politiques internationalistes.

17 h 26 – Califat d'Égypte : extrême préjudice à la grenade pour vingt-trois touristes américains en visite aux pyramides. *Fautif* : Khaled al-Amsar, guide chamelier de soixante et onze ans. *Motif* : exaspération face à la pression culturelle occidentale au Moyen-Orient. *Jugement* : circonstances atténuantes au regard de la réalité des faits. *Sanction* : obligation pour le gouvernement de diminuer de 50 % le nombre d'Occidentaux entrant dans le califat.

19 h 30 – Union des États autonomes mexicains : suppression de vie de dix-sept clients du Fitness « Oh sport ! » de Monterey. *Fautive* : Dolores Elmio, jeune obèse de dix-neuf ans. *Motif* : sentiment d'injustice

devant les inégalités de poids dans le monde. *Jugement* : acte non conforme au code du « vivre ensemble » mexicain, mais circonstances excusables en l'état actuel des écarts de surcharge pondérale dans le pays. *Sanction* : diète forcée en centre spécialisé, puis obligation de fitness pendant un an chez « Oh sport ! » pour culpabilisation.

19 mars 2051 – *six événements.*

10 h 12 – République indépendante et orthodoxe de Grèce : élimination de treize consommateurs du centre commercial principal d'Héraklion en Crète par fusil-mitrailleur. *Fautif* : Alexis Abdopoulos, cordonnier de trente-neuf ans, sans antécédents. *Motif* : inconnu, le fautif refusant de s'exprimer. *Jugement* : problèmes psychologiques supposés. *Sanction* : mise en unité de soins du fautif jusqu'à guérison complète et amende d'un million d'équivalent argent pour la ville d'Héraklion en raison de ses insuffisances dans la protection des consommateurs.

12 h 19 – Fédération multiculturelle d'Afrique du Sud : perte de vie de deux cent quatorze consommateurs des faubourgs sud de Vereeniging par armes diverses. *Fautifs* : éléments dissidents de la manifestation pacifiste autorisée la veille. *Jugement* : défaillance des organisateurs de ladite manifestation. *Sanction* : renouvellement de cette dernière dans des conditions d'entente supérieures.

14 h 18 – Royaume perdu de Thaïlande : vie ôtée à quarante-sept employés du cabinet d'architecture

« Rama II » de Chiang Mai dans le nord du pays par explosion de bonbonnes de gaz. *Fautif* : Asawhadep Tangtong, comptable de l'entreprise, trente-six ans. *Motif* : vengeance après réprimandes du directeur. *Jugement* : exagération dans l'emploi de la force. *Sanction* : envoi en asile psychiatrique pour étude de cas par les spécialistes du pays.

19 h 51 – République somalienne sans frontière : suppression de vie de huit cent douze nomades de la tribu Aberguédir par la tribu Abgal au cours d'un rassemblement de réconciliation au sud de Baidoa. *Fautif* : Mohamed Ali Madi, chef des Aberguédir. *Motif* : lutte pour la suprématie tribale. *Jugement* : motif recevable dans la perspective de la préservation des traditions. *Sanction* : néant.

20 h 12 – États fédérés du Canada et du Grand Nord : disparition par incendie volontaire de deux cent dix-neuf consommateurs dans la banlieue sud de Chicoutimi. *Fautif* : Shi Lao, Chinois naturalisé de quarante-cinq ans, pompier volontaire de la ville. *Motif* : fascination pour les rituels de crémation occidentaux. *Jugement* : motif non recevable. *Sanction* : hospitalisation en centre de soins de redressement mental.

23 h 01 – République modifiée de Corée du Nord : deux mille trois cent vingt-six révolutionnaires perdus pour le pays par diffusion de gaz sarin dans le métro de Pyongyang. *Fautif* : Kang Park, ingénieur de vingt-neuf ans, employé à l'extension des travaux du métro. *Motif* : battre le record des événements de masse afin d'entrer dans le « Guiness Book ». *Jugement* : motif

sans utilité. *Sanction* : mise en camp de redressement utilitariste pendant deux ans.

20 mars 2051 – *aucun événement !!!*

À minuit, diffusion en urgence de l'alerte suivante à tous les policiers de la PMU :

> SITUATION DU JOUR NON CONFORME
> DEMANDE DE VIGILANCE ABSOLUE POUR LES JOURS SUIVANTS

Le procès de Luigi C

Au commandant Mohamed Amin Wardak

« Accusé, levez-vous. Nom, prénom, âge et profession.

– Luigi Compagnoni, monsieur le juge. Né à Palerme, Italie, le 15 juin 2016, cinquante et un an, guide de haute montagne, sans emploi depuis dix ans.

– Dix années pendant lesquelles vous avez continué à exercer illégalement votre ancienne profession malgré sa stricte interdiction…

– J'en conviens, monsieur le juge. Et pour ne rien cacher aux jurés et aux consommateurs présents dans cette salle, j'en suis fier.

– La justice appréciera… Mais je vous conseille de ne pas jouer au plus malin avec ce tribunal ; vous risqueriez gros à faire de votre procès une tribune publique. Alors, pour bien vous le faire comprendre, j'ajoute à votre dossier l'acte de rébellion.

– Ce n'est pas une accusation infondée ; je l'accepte pour ce qu'elle est…

– Continuez sur ce ton et je vous inculpe également pour voie de fait sur ma personne. Mais revenons à ce que vous venez d'affirmer : votre fierté a causé la mort d'un homme.

– Je le regrette profondément. Monsieur Cantori était un ami et sa disparition a représenté une grande tristesse pour moi ; mais ce n'est pas ma fierté qui est la cause de son décès : ce sont les risques des ascensions en montagne. Autrefois, on appelait ça un accident.

– Vous feignez d'ignorer que les accidents sont faits pour être évités. La constitution des Nations Unies Universelles a inscrit cette volonté populaire dans son article 5 il y a déjà douze ans ; vous avez refusé d'en tenir compte. La suppression de votre métier participait de cette volonté de sécurité dont vous ne faites visiblement aucun cas… À toutes fins utiles, je donne lecture aux jurés du décret n° AC2812 fondant la reconnaissance de cet article 5 : "Sont bannies à compter de ce jour, 11 mars 2055, toutes les professions inutiles au progrès et toutes celles présentant une mise en danger de la vie d'autrui sans raisons effectives et utiles." Vous avez dépassé les bornes, monsieur Compagnoni.

– L'alpinisme est fait pour dépasser les bornes – que nous appelons limites –, monsieur le juge.

– Vous contestez donc une loi du peuple… Vous savez ce que vous risquez ?

– Le risque a toujours été mon métier ; aujourd'hui, avec vos lois, il est ma patrie. Edmond Cantori était de mon avis. Il tenait absolument à effectuer l'ascension du mont Cagliori.

– 2 807 mètres ! Vous rendez-vous seulement compte ? Une folie…

– Elle était mesurée. D'un point de vue strictement technique, il n'y avait pas d'obstacles majeurs. Le Cagliori n'est pas l'Everest… Mon ami Cantori disposait des aptitudes nécessaires et sa volonté était de parvenir au sommet de cette montagne. Disons que c'était notre liberté commune ; c'est ainsi que nous avons vu les choses.

– La liberté ne se situe plus dans ces vieilleries, monsieur Compagnoni ; elle se situe dans l'innovation d'un monde plus sûr – je vous le rappelle également puisque vous faites semblant de ne pas saisir ce que je dis…

– Il est des libertés oubliées, Votre Honneur.

– De quoi voulez-vous parler ?

– Je pose seulement la question suivante : à quoi bon vivre longtemps si ce n'est pas pour vivre pleinement ?

– Vous cherchez encore à aggraver votre cas, monsieur Compagnoni ? Vous parlez comme l'un de ces stupides résistants du "Réseau Sénèque". Vous pourriez bien en faire partie, après tout… Enfin, passons, vous n'êtes là que pour l'exercice illégal de votre ancien métier… Si nous divergeons, nous y serons encore demain.

– Je dispose de tout mon temps, monsieur le juge.

– Moi pas ; et je tiens à expédier votre affaire au plus vite. Voyons la suite : vous n'avez pas utilisé l'équipement réglementaire des trekkings normatifs ; si vous l'aviez fait, j'aurais peut-être pu vous faire bénéficier de circonstances atténuantes.

– La liberté de l'alpinisme ne peut accepter l'entrave de telles armures ; ni l'obligation, édictée par la norme BC418, de ne pas dépasser 1 000 mètres d'altitude pour les ascensions.

– Une norme adéquate pour la liberté de vivre ; comment pouvez-vous ne pas comprendre cela…

– Les libertés carcérales me sont étrangères.

– Fadaises ! Je vous fais remarquer qu'en dessous de 1 000 mètres il n'y a jamais de blessés à déplorer ; la totalité des consommateurs rentrent sains et saufs : c'est tout à l'honneur de la société.

– Un honneur au prix trop grand, monsieur le juge – sauf votre respect. Il est des honneurs plus élevés où l'on respire davantage d'oxygène.

– Monsieur Compagnoni, je n'apprécie guère cette succession d'insolences. Par conséquent, à l'accusation de mise en danger de la vie d'autrui, j'ajoute des circonstances aggravantes ; votre irresponsabilité volontaire est inacceptable. Vous êtes décidément un cas ! Êtes-vous conscient que ce procès tourne mal pour vous ?

– Je m'en rends parfaitement compte.

– Très bien ; revenons donc à l'essentiel : vous vous êtes institué guide d'Edmond Cantori de manière illégale. Votre qualité d'ancien spécialiste d'un métier interdit aurait dû vous conduire à le dissuader d'entreprendre une action répréhensible. À tout le moins, vous auriez pu le contraindre à ne pas franchir la limite des 1 000 mètres d'altitude autorisés. Votre entreprise était aussi criminelle qu'inutile.

– Edmond Cantori pensait le contraire. Je veux dire : en termes d'utilité. Pour lui, il n'y avait rien de plus urgent que de préserver l'utilité de l'inutile ; moi-même, je ne pense pas autrement.

– Et pourriez-vous seulement dire pourquoi à cette assemblée ?

– Naturellement, monsieur le juge : une ascension, même modeste, est la dernière chose qui reste aux citoyens comme Edmond Cantori et moi-même pour répondre à tout ce qui descend chez les consommateurs… De nos jours, il faut considérer les choses ainsi.

– Vous osez tenir encore tête à cette juridiction ?

– Je n'ose rien, monsieur le juge : je mets juste des mots sur les choses. Et que pourrais-je craindre ? Vous punirez mon corps, mon esprit restera libre.

– Vous n'avez que des grands mots à la bouche, monsieur Compagnoni, mais ils ne vous sauveront pas. Ne vous croyez pas inatteignable avec vos airs supérieurs. La police a découvert vos carnets de notes dans la fouille effectuée chez vous : des écrits aussi éloquents que pleins d'emphase ; ils corroborent ce que vous venez d'avouer et je les porterai tout à l'heure à la connaissance des jurés.

– Ce sera une autre de mes fiertés, monsieur le juge.

– Votre impudence vous coûtera cher, soyez-en certain. J'avise déjà les jurés que dans ces carnets, vous accusez les consommateurs d'avoir abdiqué toute défense des libertés. C'est une accusation aussi grave que mensongère pour une juridiction telle que la nôtre – et elle ne correspond en rien à l'état d'esprit du peuple, cette assemblée peut en témoigner. Expliquez-vous.

– Il n'y a rien à expliquer, monsieur le juge : je cherche simplement à respirer. L'oxygène me manque, c'est tout.

– De quoi parlez-vous encore ? Vous êtes incompréhensible… Quoi qu'il en soit – et en ce qui vous concerne directement – vous devez respirer dans les limites prescrites par les progrès accomplis en matière de sécurité des biens et des personnes. Les Nations Unies Universelles n'épuisent pas leur énergie à produire les normes les plus adéquates à la vie prolongée pour que des gens de votre espèce les transgressent en permanence ; vous êtes le pire exemple que j'aie jamais vu, monsieur Compagnoni.

– Permettez-moi de prendre cela pour un compliment.

– Je préfère ne plus relever vos provocations. La sentence tombera tout à l'heure – lourde à souhait, n'en doutez pas. Mais poursuivons encore : les permis de prise de risques ont été abrogés depuis longtemps et vous ne l'ignoriez pas ; cependant, vous avez fait comme si de rien n'était. Vos antécédents auraient dû vous conduire à devenir un ennemi juré du risque. Si vous aviez suivi cette voie, vous auriez pu être un modèle pour notre jeunesse ; au lieu de quoi vous vous opposez au progrès.

– Je freine comme je peux les contre-progrès, monsieur le juge.

– Ce qualificatif de contre-progrès est absent de tous les codes juridictionnels concernant les procédures de vie prolongée – et n'est donc pas recevable devant cette cour. Je passe à la suite : dans vos écrits, vous exaltez un courage archaïque qui n'a plus sa place parmi nous ; je vous rappelle que la norme A419B, établie pour le vrai courage par la loi du 5 juillet 2048, est le combat sans merci pour la préservation de la vie. En la matière, votre appel à la rébellion aggrave ultimement votre cas.

– C'est manifeste, Votre Honneur.

– Je laisse encore de côté cette fanfaronnade qui vous mène à l'abîme, monsieur Compagnoni ; et je livre sans plus attendre au jury populaire de ces assises les preuves irréfutables contenues dans vos carnets : trois extraits parmi les plus subversifs suffiront à l'éclairer en son âme et conscience sur votre mentalité. Ce jury se prononcera ensuite à main levée. Je vous rappelle, monsieur Compagnoni, que conformément aux droits de la défense, vous pourrez, à chaque preuve énonçée contre votre personne, vous rétracter afin de bénéficier d'un allègement de peine. Je cite donc ces trois extraits – ce condensé de sottises, plutôt :

« Un : "Le refus du risque, pourtant consubstantiel à la vie, accompagne mécaniquement l'effondrement de toute éthique, ce pourquoi celle-ci n'existe plus, entraînant tout dans un vide sans fond." Qu'avez-vous à dire pour votre défense ?

– Je maintiens.

– Deux : "La peur de la mort est le début de l'esclavage" – citation tirée d'un auteur français interdit depuis 2030. Qu'avez-vous à dire pour votre défense ?

– Je maintiens.

– Trois : "On ne peut séparer le risque du courage et de la liberté, raison pour laquelle cette dernière a disparu." Qu'avez-vous à dire pour votre défense ?

– Je maintiens.

– Tout est donc dit et l'affaire entendue… Les débats sont clos. Avez-vous une ultime chose à ajouter ?

– Oui, monsieur le juge. Puisque vous m'en donnez l'occasion, je vous crie à tous ceci : "Vive le risque et laissez-nous vivre !"

– C'est un scandale !

– Indéniablement, monsieur le juge. Et je vous le dis comme je le pense : si vous me relâchiez, je continuerais à aider les derniers citoyens à escalader les sommets du monde. Pour les consommateurs, je n'ai qu'une chose à ajouter : "Peuple effrayé, réveille-toi, ils sont devenus fous !"

– Cette dernière provocation vaut tous les aveux ! Je n'ai jamais vu ça ! Je demande le verdict immédiat de ce tribunal – et sans délibérations. Mesdames et messieurs les jurés, prononcez-vous dans l'instant s'il vous plaît. Levez vos mains ! Voilà… Le vote est unanime. Je vous condamne donc, monsieur Compagnoni, à la peine maximale : trente ans d'exposition à l'indignité publique. Qu'on emmène le prévenu en place de grève, qu'on lui mette autour du cou le carcan de la honte, et qu'on l'exhibe chaque jour à la foule des consommateurs. »

Les sept merveilles de l'écotourisme

À Georgette Stefani

Note d'actualisation : *En 2125, le voyage en tant que concept de découverte individuelle a entièrement disparu. Les Nations Unies Universelles administrent officiellement le tourisme de masse dit « pour le bien-être de la population mondiale », et on ne s'est jamais autant déplacé sur la planète dans l'encadrement normatif des tour-opérateurs agréés. La satisfaction est quasi générale.*

En accord avec les règles des Nations Unies Universelles, il subsiste cependant quelques îlots de bagagistes dit « à l'ancienne » ; ces derniers proposent aux plus fortunés des programmes spécialisés appelés « déplacements éducatifs » – le mot voyage ayant été supprimé des dictionnaires en 2032 pour ses connotations individualistes et subversives.

Le plus fameux de ces bagagistes haut de gamme porte le nom d'« Amour de la nature ». Son cœur de métier – comme on dit encore à l'époque – consiste à offrir des week-ends autour du monde à bord de l'avion solaire ultrarapide Oiseau des îles, *capable d'effectuer les quarante mille kilomètres de la circonférence du globe en deux jours à peine. Les couples de jeunes mariés sont sa principale cible commerciale ; avec « Amour de la nature » ils peuvent admirer en quarante-huit heures de lune de miel inoubliable les sept merveilles du monde homologuées par les Nations Unies Universelles. L'avion dispose de deux pilotes, d'une hôtesse, d'un guide patenté, et d'aménagements nuptiaux parfaits.*

Arné Slobovic, jeune Slovène de vingt-huit ans, était courtier en assurances à Kuala Lumpur en Malaisie – l'un des métiers les plus rémunérateurs en cette année 2125. Il venait d'épouser Jeanne Barret, ravissante Française de vingt-deux ans, infirmière à l'hôpital de Karachi ; ils s'étaient rencontrés trois mois plus tôt dans un *resort* de Bretagne, étaient tombés amoureux en quelques minutes et, sans attendre, s'étaient unis pour la vie à Tombouctou, plate-forme de mariage très à la mode depuis cinq ans.

Lorsqu'il avait cherché le voyage de noces idéal pour sa jeune épouse, Arné Slobovic avait été littéralement époustouflé par le programme d'« Amour de la nature » : découvrir en un seul week-end les sept merveilles du monde représentait ce qu'il y avait de mieux en matière de déplacements éducatifs, et ses moyens lui permettaient d'offrir ce joyau à Jeanne, dont la passion pour la préservation de l'environnement ne connaissait guère de limite. Elle s'était dite absolument enchantée.

Le 5 juillet 2125 à sept heures quarante-cinq du matin, ils embarquèrent dans l'*Oiseau des îles* à Rabat, en République chérifienne. Les deux pilotes se montrèrent pleins d'attention, l'hôtesse les accabla de prévenance et le guide se révéla aussi aimable que disert. L'avant de l'appareil, composé de panneaux translucides, était entièrement ouvert sur le ciel, offrant une vue panoramique de la terre ; l'arrière était au contraire hermétiquement clos : réservé aux jeunes mariés, il ne comportait aucune caméra de vidéosurveillance par dérogation exceptionnelle. On y trouvait un salon confortable, une salle de bains élégante, une chambre spacieuse meublée d'un grand lit double.

L'avion décolla à huit heures précises, et fila à toute allure vers l'ouest ; l'enchantement commença. Jeanne et Arné s'émurent aussitôt devant la magnificence des spectacles défilant sous leurs yeux. Mais ils savaient que le meilleur était à venir. À neuf heures, l'*Oiseau des îles* atteignit le nord du Pacifique et le guide annonça :

« Dans quelques instants, nous serons au-dessus de la plus importante spire de déchets domestiques produite par l'humanité ; elle est née au début des années 2000 lorsque les courants marins ont aspiré vers ces sortes de trous noirs tout ce que les consommateurs jetaient dans les océans et que la terre ne pouvait plus absorber. Cette spire magnifique mesure maintenant quatre cents kilomètres de diamètre et ses racines plongent vers les abysses sur cinq bons kilomètres. Une véritable île nouvelle… »

À basse altitude, ils firent le tour de cette prodigieuse masse d'ordures :

« Je vous laisse admirer cette première merveille du monde, commenta fièrement le guide. Elle est à mes yeux la plus belle des sept et la manifestation absolue des capacités d'adaptation de notre espèce ; notez la présence des cinq villes créées par les Nations Unies Universelles le long des côtes ; elles sont peuplées chacune de vingt mille ouvriers.

– Ah ! s'étonna Jeanne ; et que font-ils au juste ?

– Jour après jour, madame, ils ramassent inlassablement les nouveaux déchets qui arrivent des rivages américains et asiatiques ; ils les déplacent ensuite à coups de bulldozers vers le centre de la spire pour les élever comme une montagne. Le sommet atteint déjà mille mètres.

– Ça c'est du boulot, s'exclama Arné en admirant le gigantesque amoncellement de plastiques et de détritus de toutes sortes.

– Vous voyez juste, approuva le guide. Et je le répète : vous avez sous les yeux la preuve indubitable que l'humanité est capable de trouver une solution à la production exponentielle de ses déchets. Puisqu'on ne peut pas les réduire, on les concentre là où ça ne gêne personne. Idée de génie, n'est-ce pas ? Cette île est un authentique exploit technique pour la préservation de notre environnement. Les quatre autres spires des océans sont plus petites mais tout aussi efficaces pour la protection des continents. »

Jeanne paraissait maussade.

« Et maintenant, direction la deuxième merveille du monde, lança le guide : nos "dômes de verre". »

L'*Oiseau des îles* fila vers la côte Ouest des États-Unis. Il y parvint à midi. Entre San Francisco et Los Angeles, il se stabilisa au-dessus de trois immenses dômes translucides posés comme des couvercles sur ce qui semblait être des usines en flammes.

« Fantastique, n'est-ce pas ? fit le guide avec de grands gestes des bras.

– Mais qu'est-ce que c'est, au juste ? interrogea Jeanne avec stupéfaction.

– Vous vous souvenez sans doute des trois vieux réacteurs nucléaires qui sont entrés en fusion presque en même temps il y a huit ans ? Des problèmes de fissures et de refroidissement, à ce qu'il paraît.

– Oui, j'ai vaguement lu ça sur Internet, commenta Arné ; c'est un copain qui s'est occupé des assurances. Et alors ? »

Le guide se rengorgea : « Eh bien, la solution a été vite trouvée. En moins d'un an nos techniciens ont mis au point ces dômes incroyables ; ils sont faits d'une matière à l'épreuve des pires explosions nucléaires. De vraies cloches. Plus rien n'est à redouter pour l'environnement. La production d'énergie par les autres centrales nucléaires peut donc se poursuivre sans crainte ; en cas de problème, nous avons la réponse.

– Ça, c'est du boulot, répéta Arné, impressionné.

– Je ne vous le fais pas dire, concéda modestement le guide ; la science a toujours un temps d'avance sur les problèmes qu'elle engendre. »

Jeanne haussa les épaules : « On aurait pu faire mieux, non ? Il n'y avait pas une histoire d'énergies renouvelables dans le temps ?

– Oh, ne sois pas rabat-joie, ma chérie, la rabroua gentiment Arné. Ce n'est déjà pas mal ce qu'ils ont fait dans ce domaine… Regarde cet avion, il fonctionne à merveille, non ? »

Le guide l'interrompit : « Mais vous n'avez encore rien vu, mes amis. Le plus beau nous attend encore. Direction l'Amazonie ! »

Ils y arrivèrent à quinze heures après un nouveau vol à une allure fantastique.

Jeanne et Arné ne virent d'abord qu'une immense étendue vide et rouge s'étendant à perte de vue. Sur des milliers de kilomètres, le sol était sec et craquelé, parcouru de ravines et de fossés – désertique. Le guide devança leurs questions d'un air rassurant :

« Surtout, calmez les inquiétudes inutiles que je sens monter en vous ; les effets de la déforestation n'ont pas été absolus. Nous survolerons bientôt notre "carré amazonien", classé troisième merveille du monde par les Nations Unies Universelles. Vous allez voir, c'est génial ! »

Cinq minutes plus tard, l'avion aborda une somptueuse forêt d'un vert profond, aux bords absolument carrés : elle semblait posée au milieu de nulle part. Ils se stabilisèrent en son centre, à mille mètres d'altitude. Le guide expliqua :

« Ce parfait ensemble végétal mesure exactement cent kilomètres de côté. La totalité de ce que l'Amazonie comptait comme variétés d'arbres et de plantes se trouve ici, entièrement préservée. Nous avons tout rassemblé et il ne manque aucune espèce. Admirez un peu ces grands arbres majestueux dont les faîtes s'élancent vers la lumière, ce foisonnement inouï de chlorophylle, l'admirable tableau formé par les lianes se jetant de branche en branche telles des toiles d'araignées… Mais je m'arrête là, je vous laisse profiter du spectacle…

– Il n'y a rien d'autre ? » demanda Jeanne d'une drôle de voix.

Elle paraissait très déçue. Arné lui prit tendrement le bras : « Mon amour, tu ne changeras jamais ; tu en demandes toujours trop. Imagine où nous en serions si nos dirigeants n'avaient rien fait. Au moins là, tout y est. Il ne faut pas être plus royaliste que le roi, tu sais…

– Ce n'est pas mieux qu'un jardin, bougonna Jeanne ; et il n'y a même pas d'animaux, on dirait. »

Le guide se vexa : « Vous savez, madame, dans notre "carré amazonien", des déplacements éducatifs sont organisés tous les jours pour les consommateurs et ils en sont très contents. Marcher dans une telle forêt est exceptionnel. Pour ce qui est des animaux, vous devez patienter un peu, mais ça va venir. »

Jeanne se mit à trépigner de joie : « Ah ! Et où sont-ils ? Il y en a beaucoup ? »

Le guide lui adressa un clin d'œil complice : « C'est la surprise d'après, chère madame. On ne peut pas tout avoir au même endroit, n'est-ce pas ? De toute façon, ce serait d'une monotonie… et d'un compliqué… Il faut savoir attendre. Mais ce ne sera pas long : direction le "carré africain" maintenant, notre quatrième merveille du monde. »

Ils atteignirent le Kenya à dix-sept heures, peu avant le coucher du soleil. Le spectacle était identique à celui de l'Amazonie – désertique à l'infini. Mais à la place de la forêt se trouvait un superbe carré de savane de dimension identique : cent kilomètres de côté. Ils le survolèrent lentement.

« Les animaux sont ici, annonça le guide avec une émotion rentrée. Regardez un peu ça ! »

À travers la grande verrière de l'*Oiseau des îles*, Jeanne et Arné contemplèrent l'incroyable sauvagerie des lieux. Ils n'avaient jamais vu cela, même dans les derniers zoos des grandes villes : des lions couraient derrière d'élégantes gazelles, des gnous s'ébattaient en liberté au milieu de hautes herbes, des troupeaux d'éléphants passaient majestueusement dans le lointain, des crocodiles et des hippopotames s'ébrouaient sur les berges de rivières limpides, et ce spectacle digne de l'Éden était survolé par tout ce que la nature avait produit comme oiseaux multicolores et enchanteurs.

Jeanne semblait tétanisée.

« Ça ne va pas, ma chérie ? lui demanda Arné, inquiet.

– Mon amour, dit-elle d'une voix éteinte, je croyais qu'on avait fait attention à toute l'Afrique, moi ; pas seulement à ce… à ce… résidu. »

Arné se mit à faire la tête : « Tu exagères, tout de même ; quand je pense au prix de cette croisière… Tu pourrais sourire un peu, non ? Ce n'est déjà pas mal que ce "carré africain" existe et soit à la disposition de tout le monde… Moi, je trouve ça génial. Normalement, on ne devrait rien trouver ici.

– Votre mari a raison, intervint le guide d'un air chagrin. La situation aurait pu être pire. Je vous rappelle que le Ministère Mondial de l'Environnement a donné son satisfecit aux actions entreprises ici et il n'y a plus débat. Oublions donc tout cela. Nous allons maintenant gagner le pôle Nord et nous établir au-dessus pour la nuit. Couchez-vous tranquillement après le dîner et à l'aube vous profiterez de notre cinquième merveille du monde. La météo annonce même une aurore boréale fantastique au lever du jour ; nous vous réveillerons à temps pour ne pas la rater. »

L'hôtesse servit un repas allégé de légumes et de fruits accompagnés de sorbets d'une grande finesse, puis Jeanne et Arné rejoignirent leur chambre. Ils firent l'amour dans le silence apaisant de la stratosphère mais ne purent atteindre le septième ciel. Jeanne n'était visiblement pas à son affaire ; Arné n'insista pas et s'endormit le dos tourné, préférant songer à ce qu'il allait découvrir le lendemain.

Aux premières lueurs du matin, l'hôtesse les réveilla gentiment, leur servit un petit déjeuner de céréales, et ils s'habillèrent. Jeanne semblait toujours aussi boudeuse.

« Qu'est-ce qu'ils vont encore nous inventer, bon sang… », maugréa-t-elle lorsqu'ils gagnèrent la partie avant de l'avion.

Arné la rabroua : « Profite déjà de l'aurore boréale, Jeanne. Elle est au rendez-vous comme promis. »

Le spectacle était si splendide que la jeune femme ne put retenir un cri de joie : « Mon Dieu que c'est beau ! »

Arné trouva son épouse resplendissante – enfin redevenue elle-même.

« Regardez plutôt en bas, proposa le guide. C'est mieux encore. »

Ils baissèrent les yeux. L'avion se trouvait à mille mètres d'altitude et ils distinguaient sans peine la multitude de cargos, de porte-containers, de pétroliers, de vraquiers et de gaziers qui se faufilaient au milieu de la banquise, bien ordonnés sur deux lignes, l'une montante, l'autre descendante.

« C'est notre cinquième merveille du monde, annonça le guide : grâce à la fonte des glaces, le commerce maritime mondial a pu raccourcir les routes d'approvisionnement de chaque continent et gagner un temps précieux – sans parler de la rentabilité. Ce que vous avez devant vous est une nouvelle preuve de la capacité d'adaptation de l'humanité quel que soit l'impact de la modernité sur la nature ; n'est-ce pas en même temps la démonstration qu'il aurait été préjudiciable au développement humain de trop s'opposer au changement climatique ?

– C'est impressionnant, convint Arné. Ce passage en plein pôle Nord doit être plus efficace que les canaux de Suez et de Panama réunis.

– Je ne vous le fais pas dire, approuva le guide. Il faut savoir tirer parti de toute chose et le progrès n'est pas toujours là où on l'attend. »

Puis il se tourna vers Jeanne : « J'ai l'impression que vous êtes déçue, madame. Pourtant, il n'y avait que de la glace ici autrefois – de la glace parfaitement inutile si ce n'est pour quelques phoques et des Esquimaux sans intérêt. Alors que maintenant cet endroit sert à tout le monde… Vous ne devez pas rester sur des conceptions passéistes. D'un mal surgit toujours un bien. »

Jeanne se renfrogna dans un coin sans répondre, les bras croisés sur la poitrine. Arné la prit contre lui : « Ma chérie, je suis désolé. Tu m'aimes ? »

Elle chuchota : « Mais oui, bien sûr…

– Je croyais te faire plaisir avec ce déplacement éducatif… Essaie quand même d'en profiter un peu. Nous n'aurons pas d'autres occasions de ce genre avant longtemps… »

Après un instant de réflexion, Jeanne répondit : « En fait, je suis très contente d'être là. Je me rends compte de tout. Merci, mon amour… »

L'avion repartit sur ces entrefaites et le guide déclara :

« Nous retournons maintenant vers l'océan Pacifique ; mais au sud cette fois. La sixième merveille du monde nous y attend. »

Jusqu'à midi, ils survolèrent des immensités maritimes d'un bleu profond à peine troublé par l'écume blanche de vagues innombrables poussées par des vents invisibles. C'était admirable et il ne se trouvait aucune terre pour rompre cet enchantement. Puis un point apparut à l'horizon, minuscule. Ils continuèrent leur route et le point grandit de minute en minute, jusqu'à devenir une île de sable paradisiaque en forme de cône ; elle était plantée de cocotiers et frangée de filaos. L'avion perdit de l'altitude et ils aperçurent des dizaines de petits villages disséminés le long des côtes.

« Voici Mahéké Kundanokélé, proclama fièrement le guide ; la sixième merveille du monde. »

Jeanne s'écria : « Mais enfin, c'est quoi ce truc ? »

Elle avait mis ses poings sur les hanches et fixait le guide sans aménité. Celui-ci s'emporta pour la première fois :

« Figurez-vous que ce truc, comme vous dites, madame, est la dernière île épargnée par la montée des eaux – mis à part l'"île de l'Éléphant" au sud de la Terre de Feu mais dont on ne peut rien faire compte tenu de son hostilité. Mais celle que vous avez sous les yeux est un succès parfait ; tout le monde en est content. Les Nations Unies Universelles ont mis les moyens qu'il fallait pour rehausser le niveau de ce petit bout de terre à coup de millions de mètres cubes de sable, de terre et de béton ; et vous avez le résultat sous les yeux. Quand on ne peut pas faire autrement, on fait ce qu'on peut – et on doit en être fier. Car ça a marché.

– Il a raison, ma chérie, approuva Arné. Tu fais des histoires pour rien. Je sais bien que tu aurais voulu qu'on sauve toutes les îles, mais tu ne te rends pas compte des difficultés… »

La jeune femme se rebella : « Je vois surtout qu'on est très forts pour transformer des échecs en succès d'apparence. Et qu'est-ce que c'est que tous ces villages de décor de théâtre sur les côtes ? Encore des chefs-d'œuvre en péril ? »

Le guide leva les bras au ciel : « Comme vous y allez, ma jeune amie ! Quel défaitisme ! Sachez que nous avons regroupé dans ces villages les principales tribus du monde qui allaient disparaître sans notre intervention. Au nord de l'île, vous avez un village d'anciens chameliers du Soudan, un autre de diverses populations du Nil, encore un autre de Papous de Nouvelle-Guinée, et deux d'Indiens d'Amazonie – d'anciens Jivaros coupeurs de têtes, et des Yuhups, spécialistes du curare, de drôles de zèbres, ceux-là… À l'est, trois villages : des Sakuddei de l'archipel des Mentawai, des Saa de l'île de Pentecôte, et des Naga de Birmanie. Au sud, on a seulement un hameau de Pygmées du Congo mais ce n'est déjà pas mal – il n'y en avait presque plus. À l'ouest, c'est mieux : deux regroupements de Badjao, des nomades des mers, et un autre de ce qui restait des Rapa Nui de l'île de Pâques. » Il se pavana : « Qu'est-ce que vous dites de ça, hein ?

– J'en dis que ça doit grouiller de consommateurs là-dedans, lança Jeanne d'un ton insolent. Je me trompe ?

– Certes pas, madame ! Dix déplacements éducatifs sont organisés chaque jour pour conserver la mémoire de ces peuplades ; les visiteurs subviennent à leurs besoins, les indigènes peuvent poursuivre leur vie traditionnelle, et tout le monde est satisfait. Veuillez cesser de contester nos avancées, s'il vous plaît, c'est agaçant. »

Il se tut, un air de réprobation sur le visage ; comme la veille, Jeanne se rencogna sur son siège, marmottant entre ses lèvres : « Des zoos humains, oui, pour singer ses ancêtres contre de la pacotille… »

Le guide fit mine de ne rien entendre et se tourna vers Arné qui contemplait sa femme d'un air de reproche. Il dit :

« Chers amis, nous allons poursuivre paisiblement notre déplacement. La septième et dernière merveille du monde nous attend au Sahara ; nous y serons dans l'après-midi. Après l'avoir contemplée, nous poursuivrons de nuit à petite vitesse vers Rabat que nous atteindrons demain à huit heures du matin comme prévu. Profitez bien de ces derniers instants. »

Il se rassit à sa place et le grand avion solaire poursuivit sa route dans le ciel, sans la moindre turbulence. Arné prit la main de sa femme d'un air conciliant ; elle la retira en lui chuchotant : « Tu pourrais quand même dire quelque chose…

– Mais que veux-tu que je dise ? répondit son mari, excédé. Je ne vois pas ce qu'on peut leur reprocher, à la fin. »

Et il détourna la tête en haussant les épaules d'incompréhension.

Les abords du Sahara furent atteints à seize heures. L'avion monta à plus de vingt mille mètres d'altitude et à travers la verrière, Jeanne et Arné aperçurent d'un seul coup deux gigantesques mots inscrits dans le désert sur des milliers de kilomètres : LA TERRE.

Le guide lança avec emphase : « Vous avez sous les yeux la plus grande construction de tous les temps. L'humanité entière s'est réunie autrefois dans un seul et unique effort pour produire cet exploit pharaonique que nous ne voulons pas oublier. Ces vestiges d'une prodigieuse aventure humaine ne sont-ils pas stupéfiants de beauté dans leur gigantisme pétrifié ?

– Ce n'est pas le machin qu'on a fait pour rien ? ironisa Jeanne. J'ai lu ça quelque part, je crois…

– Pour rien ? rétorqua le guide avec un sourire condescendant. Attendez de voir… Nous allons descendre au ras de ces lettres géantes et parcourir le dernier E. Vous allez m'en dire des nouvelles… »

Sur ces paroles, l'*Oiseau des îles* se mit à perdre de l'altitude et il fut bientôt à la hauteur de la lettre E ; il la longea à petite vitesse et ses passagers découvrirent que le sommet de la lettre était entièrement recouvert de jardins aux variétés de fleurs infinies.

« Et voilà, fit le guide avec satisfaction : vous savez tout maintenant. Après la fin de ces travaux d'Hercule qui ont duré près d'un siècle, l'humanité a recouvert les monceaux de roche formant chaque lettre avec les terres les plus fertiles de la planète – et tout ensemencé. Ce sont nos jardins suspendus de Babylone, la grande fierté de notre écotourisme. Les villages que vous voyez un peu partout sont peuplés de jardiniers qui ne cessent de sarcler, couper, tailler, semer. Ils sont la preuve que rien n'est jamais perdu dans le combat pour l'environnement.

– Il fallait y penser, maugréa Jeanne.

– Fabuleux ! s'exclama Arné ; décidément, nous savons tirer parti de toute chose.

– Je ne vous le fais pas dire, acquiesça le guide. Des complotistes pervers ont prétendu que nous avions camouflé l'échec de l'édification de ces lettres monumentales par de l'inutilité supplémentaire puisque ces jardins sont éloignés de tout ; mais c'est ridicule, vous ne trouvez pas ?

– Absolument, souscrivit Arné. De toute façon, il y a toujours des mécontents chroniques. Moi, je dis bravo au Ministère Mondial de l'Environnement. »

Jeanne l'interrompit : « C'est quoi ces deux énormes banderoles qui pendent sur le côté du E ?

– Des banderoles ? s'inquiéta le guide.

– Oui, là, regardez !

– Ah, diable, c'est nouveau, ça... »

Le guide semblait contrarié. Sur un ordre de sa part, l'avion solaire se rapprocha, modifiant pour la première fois son rigoureux programme, et ils purent bientôt lire sur la première banderole les mots de l'Ecclésiaste : « Vanité, tout est vanité. » Sur la seconde s'affichait un simple slogan : « À la sottise, ils ont ajouté la bêtise. » Au-dessous, se trouvait une signature : « Réseau Sénèque. »

Jeanne éclata de rire, Arné grogna un « quand même, ils exagèrent », et le guide poussa un soupir de commisération.

« Je vais prévenir la PMU, grogna-t-il. Ils vont nous enlever ça dans la journée ; ces diablotins d'opposants n'ont pas fini de nous entendre. En attendant, reprenons notre route vers Rabat, si vous le voulez bien. Ce soir, nous vous offrons un dîner aux chandelles ; il fêtera dignement la fin de ce déplacement éducatif. Après quoi, la nuit sera à vous, chers tourtereaux. »

Ils firent comme il avait dit. Jeanne et Arné dînèrent en tête à tête à la lumière mordorée de grands bougeoirs, dans une ambiance de sérénité extraordinaire ; cependant le repas fut morose. Jeanne semblait absente, Arné préoccupé.

Ils se couchèrent de bonne heure mais ne firent pas l'amour ; c'est à peine s'ils s'embrassèrent avant de se tourner chacun de leur côté. Au bout d'un moment, dans le noir piqueté de la lumière des étoiles traversant les hublots, Jeanne murmura : « Tu sais, on devrait rejoindre le "Réseau Sénèque"… »

Arné répondit, choqué : « Enfin, tu n'y penses pas sérieusement. Ce sont des fous rétrogrades. Songe à notre avenir…

– Justement, maugréa Jeanne entre ses lèvres, j'y songe.

– Bon, arrêtons là, ma chérie ; cela ne nous mène à rien. Mais tu seras sage, n'est-ce pas ? C'est important.

– On verra, mon amour. »

Ils s'endormirent très tard dans la nuit.

L'avion solaire atterrit à l'heure à Rabat. Jeanne et Arné firent leurs adieux à l'équipage, embrassèrent le guide qui semblait avoir tout oublié des désagréments infligés par la jeune femme et, leurs légers bagages à la main, ils gagnèrent le contrôle de police afin d'y faire viser leurs passeports numériques. Arné paraissait agité par de sombres pensées, le front barré de rides et les lèvres toutes blanches. Parvenu devant le guichet, il parut se décider tout à coup à quelque chose de terrible. Il posa son sac, respira un grand coup, et on l'entendit apostropher les policiers en ces termes :

« Messieurs, je m'appelle Arné Slobovic ; je suis courtier en assurances en Malaisie mais aussi "lanceur d'alerte". La jeune femme qui m'accompagne est mon épouse ; elle est cependant un danger public en puissance, une résistante potentielle prête à des actes terroristes. Je n'ai pas d'autre choix que de vous le signaler en mon âme et conscience. Vous savez tout – j'ai accompli mon devoir, faites le vôtre et arrêtez-la avant qu'il ne soit trop tard. »

La fabrique

À Louis de Broissia

En cette fin d'année 2046, Miruna Roussesco, généticienne réputée, dirigeait le laboratoire numéro 14 de médecine prédictive de Bucarest. La capitale roumaine centralisait le séquençage des embryons provenant de toute l'Europe, les autres continents étant gérés par Katmandu pour l'Asie centrale, Yokohama pour l'Extrême-Orient, Bobo-Dioulasso pour l'Afrique, Ispahan pour le monde arabo-musulman, Bogota pour les deux Amériques et Rarotonga pour l'Océanie.

Miruna Roussesco travaillait dans le secteur de la médecine prédictive depuis plus de vingt ans. Son poste avait été créé en 2022 lorsque l'IMS, l'Institut Mondial de la Santé, avait demandé aux Nations Unies Universelles de généraliser les potentialités de cette médecine révolutionnaire. Un séquençage adéquat du génome permettait de connaître – avec des probabilités très sûres, notamment pour les maladies les plus graves – l'avenir médical intégral de n'importe quel individu. Dès 2023, il avait donc été décidé d'établir le « parcours médical de vie » de tous les consommateurs afin d'assurer à terme, et pour tout le monde, les soins préventifs les plus efficaces possible. Un programme mondial, dit de sécurité des personnes, avait aussitôt été lancé.

L'impact sur les premiers individus séquencés avait été impressionnant. La quasi-totalité des cancers attendus s'étaient manifestés aux dates prévues et avaient pu être guéris dès les premiers jours de leur développement ; il en avait été de même pour toutes les autres maladies graves. Partout on s'était réjoui : les maux de la nature ne pouvaient plus surprendre personne et l'on était capable de déjouer à temps leur malignité.

Les autorités s'étaient démenées pour accélérer ce programme mondial et à la fin de l'année 2027, les neuf milliards d'habitants de la Terre avaient enfin bénéficié de l'incroyable avancée que représentait la connaissance complète de leur avenir médical ; deux ans plus tard, il avait même été possible d'affiner ces parcours individualisés en y intégrant l'ensemble des affections bénignes tout en atteignant 99 % de certitude sur le moment de leur apparition.

Jusqu'en février 2030, les interventions des résistants du célèbre « Réseau Sénèque » avaient bloqué la diffusion publique de ces neuf milliards de « parcours médicaux de vie », limitant leur propriété aux seuls intéressés et à leurs médecins traitants. Mais l'invocation de l'antique – et largement dépassé – « secret médical » n'avait pas tenu devant l'intérêt général. En juin 2031, les administrations étaient parvenues à faire valoir l'importance que revêtait pour elles la connaissance précise des périodes pendant lesquelles leurs agents seraient indisponibles pour cause d'arrêt maladie ; ces informations, arguèrent-elles, leur permettraient de gérer plus efficacement leurs services au profit des consommateurs. Les fonctionnaires concernés ne s'y opposèrent pas, considérant la possibilité qui leur était offerte de mieux organiser leur vie en tenant compte des aléas de leur existence. Une loi avait donc été votée au mois de juillet afin de rendre accessibles à chaque administration les parcours médicaux de ses agents titulaires et contractuels.

Les grandes entreprises, et bientôt les PME, obtinrent sans peine les mêmes prérogatives, avançant des arguments identiques, et leur productivité en fut accrue de manière inédite ; naturellement, elles licencièrent leurs employés les moins bien pourvus par la loterie génétique avant qu'ils ne deviennent improductifs pour cause de maladie grave ou coûteuse, mais on admit que c'était un moindre mal : ce travers ne freina pas le mouvement. Le consortium international des assureurs s'engouffra dans la brèche et les mêmes droits lui furent garantis. Les « parcours médicaux de vie » permettant un calcul extrêmement précis des risques encourus par chaque consommateur, le consortium réserva ses anciennes polices d'assurance aux individus disposant de garanties de santé suffisantes, et attribua aux autres des contrats réduits, proportionnels aux problèmes qu'ils présentaient.

Les syndicats enseignants se firent ensuite l'écho de ces demandes de transparence ; ils évoquèrent l'inutilité pour la communauté des consommateurs de consacrer une part importante de ses impôts à la formation de jeunes gens dont on savait pertinemment qu'un arrêt cardiaque ou un diabète viendrait perturber leur vie professionnelle. De leur côté, les services de santé avancèrent les coûts prohibitifs nécessaires aux soins des individus malchanceux pour se permettre de demander de manière à peine voilée s'il n'y avait pas moyen de les réduire drastiquement.

Deux ans après la loi de juillet 2031, un nouveau progrès fut accompli. Afin de rendre la médecine prédictive encore plus efficace, une ordonnance datée du

21 janvier 2033 décida que le séquençage du génome ne se ferait plus à la naissance mais dès le quatrième mois de grossesse – directement sur les embryons ; l'utilité d'une telle mesure se démontrait aisément. On ne savait plus que faire des innombrables nouveau-nés dont le parcours médical s'annonçait catastrophique ou même médiocre : les écoles les refusaient et, devenus adultes, aucune entreprise n'en voulait ; certes, ils disparaissaient au fur et à mesure des maladies qui les emportaient ou les immobilisaient trop longtemps, mais entre-temps ils posaient d'innombrables difficultés à leurs familles et à la société.

Le séquençage des embryons régla tous les problèmes. Les parents se virent présenter les « parcours médicaux de vie » de leurs futurs enfants et, s'ils n'entraient pas dans les normes de tolérance déterminées par l'IMS, les mères étaient incitées à une interruption volontaire de grossesse ; ces normes de tolérance étaient très rigoureuses et précises. Un tableau de toutes les maladies existantes avait été établi et chacune d'entre elles était affectée d'un coefficient correspondant à son niveau de gravité.

Le travail des responsables des séquençages était simple : sur la fiche des embryons, ils inscrivaient le pourcentage de probabilité de chaque maladie et la date de son apparition. Ils calculaient ensuite la moyenne de ces pourcentages et lui attribuaient une simple lettre : A si le calcul était supérieur à 75 % et nécessitait une demande d'IVG ; B s'il était inférieur à 75 % et justifiait la poursuite de la grossesse.

Au cours des deux années suivantes, plusieurs événements d'importance eurent lieu ; tout d'abord, les lobbies intéressés par la disparition la plus rapide possible des maladies entravant les progrès de la société firent pression pour que le seuil d'attribution de la lettre B devienne de plus en plus exigeant : il passa de 75 à 80 %, puis 90 et enfin 100 %. Au final, on n'admit plus que les affections bégnines et sans conséquences graves pour la poursuite des grossesses. D'autre part – sur l'insistance d'une partie non négligeable des consommateurs – les IVG devinrent obligatoires et non plus facultatives en cas d'obtention de la redoutée lettre A.

En 2037, l'IMS considéra l'ensemble du système de médecine prédictive comme définitivement achevé. Dix ans plus tard, il en eut la démonstration éclatante. La robustesse de la population était devenue telle que les entreprises avaient toutes accru leur productivité dans des proportions jamais vues et l'absentéisme dans les administrations n'était plus qu'un lointain souvenir. Pour les hôpitaux, la situation se révélait plus satisfaisante encore : la moitié d'entre eux avaient pu être progressivement fermés au cours de ces dix années – d'autant que le développement général de la voiture autonome avait réduit à presque rien les hécatombes routières de jadis. Les hôpitaux restants suffisaient à traiter les accidents du travail et les maladies infectieuses d'origine non génétique. Seules les affections psychiatriques avaient mystérieusement augmenté sans qu'on puisse en découvrir la cause.

La natalité n'avait pas été touchée par la suppression d'un nombre grandissant d'embryons. Car, inlassablement, les parents procréaient jusqu'à obtenir la note B ; on constata cependant que pour des raisons évidentes d'hérédité, certaines familles comptaient de nombreux enfants et d'autres aucun ; cette insupportable inégalité se trouva réglée par l'attribution d'importantes allocations financières aux familles dépourvues d'enfants et sans que le moindre mouvement social soit enregistré.

On en était là des progrès de la médecine prédictive quand Miruna Roussesco obtint la direction du laboratoire numéro 14 de Bucarest. Elle venait de fêter son quarante-cinquième anniversaire ; c'était une femme simple et rigoureuse dans son travail, aimée et respectée par ses collaborateurs. Elle menait une existence sans histoire qui la conduisait invariablement de son laboratoire au petit appartement qu'elle partageait avec son fils unique Dragos ; celui-ci allait sur ses vingt ans et se montrait brillant dans ses études d'ingénieur, quoique taciturne et fasciné par les jeux vidéo auxquels il consacrait l'essentiel de son temps libre. Cette passion de son fils pour les mondes virtuels était la seule inquiétude de Miruna dans la vie ; elle s'angoissait des rumeurs de bataille et des bruits d'une grande violence qui s'échappaient de la chambre de Dragos, mais elle n'était jamais parvenue à savoir à quoi jouait exactement son fils. Il le lui cachait avec une singulière constance et elle n'osait pas insister car elle l'aimait bien plus qu'elle-même, liée à lui par un lointain secret qui ne cessait de la ronger : malgré quatre grossesses, elle n'avait pas obtenu la lettre B pour Dragos ; alors, à la cinquième, elle avait triché. Comme à cette époque elle avait la chance d'être affectée à la supervision des tableaux de calcul des « parcours médicaux de vie » des embryons de la zone européenne, il ne lui avait pas été insurmontable de maquiller les pourcentages des différentes colonnes pour son fils. Elle savait qu'il serait atteint d'hypertension sévère à quarante-deux ans et qu'il y avait 97 % de chances qu'il meure d'un AVC à cinquante et un an – mais en attendant, il existait.

Peu après la naissance de Dragos, elle s'était séparée de son mari qui souhaitait ardemment un deuxième enfant ; elle n'avait pas eu le courage d'affronter une nouvelle série d'IVG – et encore moins de recommencer à tricher. Depuis, elle identifiait sa vie à celle de son fils.

En cette année 2046, un événement improbable et d'une gravité extrême vint perturber la vie de Miruna Roussesco. Fervente partisane pendant vingt ans de l'incontestable progrès représenté par la médecine prédictive pour l'humanité, elle en devint une farouche opposante.

Cet incroyable revirement eut lieu peu après une rencontre qu'elle fit dans un café du centre-ville où elle avait coutume de prendre son petit déjeuner avec Dragos. Un matin, un homme d'un certain âge l'aborda et lui dit :

« Miruna, vous ne vous souvenez sans doute pas de moi, mais moi je vous ai reconnue. Nous nous sommes croisés en 2025, je crois ; c'était lors d'un congrès à l'université. J'enseignais la génétique. »

Miruna ne se souvenait de rien mais invita l'homme à s'asseoir : son regard était franc et sa mine engageante. Il affirma s'appeler Kuromishi Ozu et être Japonais d'origine ; il était à la retraite depuis peu et n'avait plus grand-chose à faire que de remuer ses souvenirs. Ils parlèrent de l'université, de la pluie et du beau temps, du travail qu'elle effectuait au laboratoire numéro 14. Lorsque Dragos dut quitter sa mère pour rejoindre ses camarades de cours – ou s'amuser avec l'un de ses mystérieux jeux vidéo –, Kuromishi tendit à Miruna un paquet qu'il tenait caché sous sa serviette de table.

« C'est un livre, murmura-t-il en se penchant en avant. Ne vous inquiétez pas, les caméras n'ont pas pu le remarquer, je sais m'y prendre… »

Miruna se sentit frémir. Le comportement de cet homme démontrait à l'évidence que son livre devait être classé dans la liste des « inutiles » ou, pire, des « nuisibles ». Elle dit à voix basse :

« Mais vous êtes fou ! Que voulez-vous que j'en fasse ? »

Kuromishi sourit : « Je suis certain qu'il va vous intéresser ; j'ai souligné une phrase en particulier.

– Mais comment voulez-vous que je le lise ? Je ne tiens pas à me faire prendre…

– N'ayez aucune inquiétude, Miruna ; il y a un moyen. Ce soir à vingt et une heures précises, prenez un tabouret et commencez à nettoyer la poussière du plafond de votre salon comme une bonne ménagère consciencieuse. À un moment donné, quand vous serez près de la caméra de vidéosurveillance, faites semblant de trébucher et de vous accrocher à la caméra pour la décrocher de son logement ; signalez aussitôt l'accident afin de préserver votre sécurité. À cette heure-là, nous savons qu'il faudra une heure trente à l'employé de maintenance de votre zone pour intervenir. Cela vous laisse le temps de lire le livre et de le cacher ensuite quelque part dans la même pièce pour ne pas être prise dans le faisceau des autres caméras. Cette méthode est assez simple et nous l'utilisons régulièrement. Maintenant, je vous laisse ; vous trouverez sous mon assiette une enveloppe contenant 15 000 équivalent argent : le prix de l'amende dont vous écoperez. C'est une somme, mais ça en vaut la peine. Elle provient de nos fonds secrets. »

Miruna n'osa pas refuser, à la fois terrifiée et excitée.

Le soir même, elle fit tout ce que lui avait demandé le vieux Japonais ; la caméra tomba sur le tapis de son salon, elle signala l'accident au service de sécurité et ouvrit le paquet pour découvrir le livre : il était d'un auteur dont elle n'avait jamais entendu parler : Saint-Exupéry – et portait le titre de *Terre des hommes*.

Elle trouva le temps de le lire entièrement, assise dans un angle de la pièce pour plus de sécurité. La phrase soulignée par Kuromishi se trouvait tout à la fin de l'ouvrage ; elle en fut particulièrement frappée : « C'est un peu, dans chacun de ces hommes, Mozart assassiné. »

Le lendemain, lorsqu'elle recommença à inscrire des A au bas des tableaux de calcul des parcours médicaux de vie des embryons – qu'elle recevait par containers entiers dans leurs petits bocaux de verre –, la phrase lui revint en tête, inlassablement et implacablement.

Il en fut de même le surlendemain – et tous les jours suivants – jusqu'à ce qu'un soir, en quittant le laboratoire sur le coup de dix-neuf heures, elle se demande brutalement si tous ces A ne tuaient pas des Mozart en puissance.

Alors, elle se décida d'un coup, et se mit à faire pour les autres ce qu'elle avait fait pour elle-même et Dragos vingt ans plus tôt : chaque fois que le calcul d'un tableau de parcours médical avoisinait les 90 %, elle corrigea les données pour parvenir aux 100 % valant la lettre B. Il n'y avait aucun contrôle postérieur à la note qu'elle attribuait ; c'est elle qui contrôlait.

De semaine en semaine, elle ne put s'empêcher d'abaisser le seuil de 90 à 80 puis à 70 %. Elle choisissait les bénéficiaires au hasard, se retenant sans cesse d'en accroître le nombre pour ne pas fausser les statistiques de validation des embryons ; si l'IMS s'apercevait d'une anomalie dans ce domaine – ou si l'un des enfants qui allait naître tombait malade au cours des années suivantes – l'agence diligenterait aussitôt une enquête. Et il y avait peu de chances qu'elle conclue à une erreur ; la fraude serait découverte et c'en serait fini de sa vie paisible.

À la perspective d'être confondue Miruna sentait son ventre se tordre de peur – et la certitude d'être conduite devant le tribunal permanent des consommateurs la terrorisait encore davantage ; mais elle poursuivit sa tâche vaille que vaille avec le sentiment d'accomplir une œuvre de salut public.

Au bout de quelques mois, Kuromishi la recontacta dans le même café et à la même heure, un jour où elle se trouvait sans son fils. Elle lui raconta tout – et ce qu'elle avait fait autrefois pour Dragos ; le Japonais lui déclara qu'elle ne devait pas se sentir coupable pour cette vieille fraude : en sauvant son fils, elle avait peut-être sauvé un Mozart du futur. Quant à ce qu'elle faisait désormais de manière si altruiste, elle ne devait y voir que son humble acceptation de la finitude humaine et le début de son propre progrès éthique. Elle devait persévérer dans son être et poursuivre sur cette voie : c'est ce que lui et ses amis souhaitaient ardemment. Il fallait redonner une chance au destin des moins favorisés.

Cinq semaines plus tard, lors de sa troisième rencontre avec Kuromishi, elle adhéra au « Réseau Sénèque » et se découvrit heureuse comme elle ne l'avait jamais été.

Le 2 décembre 2047, soit peu de temps après son dernier entretien avec Kuromishi Ozu, Miruna Roussesco s'ouvrit les veines au couteau dans la cafétéria attenante au laboratoire numéro 14. Il était midi trente ce jour-là.

L'enquête sur son suicide incompréhensible aboutit le soir même ; l'analyse des bandes d'enregistrement des caméras de vidéosurveillance démontra qu'à midi vingt, peu après avoir pris son déjeuner, elle avait consulté l'écran mural d'information en continu de la cafétéria et avait lu la dépêche suivante de la PMU tombée une heure plus tôt :

« *Événement de masse*. 11 h 48 – Roumanie, ville de Bucarest : fin de vie au pistolet-mitrailleur de vingt-huit enfants de la dernière école juive de la capitale. *Fautif* : Dragos Roussesco, étudiant de vingt ans. *Motif* : faire mieux que ses jeux vidéo et corriger le travail inachevé des nazis. »

C'était un enfant d'Hitler qu'elle avait sauvé.

Les parois de verre

À François Lépine

« Mademoiselle Asunçion, malgré toute ma bienveillance et la sympathie que j'éprouve à l'égard de votre jeune personne, l'affaire dans laquelle vous êtes empêtrée est embarrassante. Les caméras de la gare sont formelles : vous êtes bien à l'origine de l'altercation avec le préposé du guichet numéro 7.

– Je ne l'ai jamais contesté, monsieur l'inspecteur ; mais le préposé en question refusait d'accepter l'argent liquide avec lequel je voulais acheter mon billet de train.

– Avouez que c'est une exigence extravagante – pour ne pas dire suspecte ; cela ne se fait pratiquement plus.

– Et pourquoi pas ?

– Parce que les choses évoluent, mademoiselle. Vous connaissez la dernière ordonnance des Nations Unies Universelles ? Dans trois mois les billets de banque d'équivalent argent seront définitivement supprimés pour que la transparence de la vie publique progresse d'un pas supplémentaire. Le préposé anticipait le mouvement et on ne peut lui en vouloir. Il s'est montré trop zélé, voilà tout.

– Je ne cherchais pas à blanchir de l'argent sale ou à corrompre ce monsieur, vous savez.

– Sans doute ; mais vous rendez-vous compte de tout le temps que perdrait la société si chaque consommateur se comportait comme vous ? Pourquoi ne vouliez-vous pas payer votre billet normalement, avec votre carte bancaire ?

– Je ne ressens ni le besoin ni le désir de faire savoir où je vais à n'importe qui – et surtout à ma banque.

– Pourquoi parler de besoin ou de désir, mademoiselle Asunçion ? N'est-il pas normal, et même logique, de tout faire savoir ? Il y a bien longtemps que plus personne n'agit autrement. Verriez-vous à ce comportement une menace, comment dire… contre votre présence à vous-même ? J'ai entendu des gens qui parlaient comme ça.

– Ils n'ont pas forcément tort, monsieur l'inspecteur.

– C'est embarrassant, alors… Mais laissons cela pour l'instant. Où alliez-vous donc pour ne pas vouloir qu'on le sache ?

– Je rentrais simplement chez moi à Buenos Aires ; je reprends mon travail demain. Je suis graphiste à la société "Du Rietz". J'étais venue passer le week-end à Rosario.

– Très bonne idée ! L'Argentine offre tant de lieux de villégiature où la douceur de vivre signifie quelque chose, n'est-ce pas ? Vous auriez dû communiquer là-dessus, d'ailleurs. Mais mes subordonnés n'ont rien trouvé à ce sujet sur votre téléphone : même pas une photo ou une notification Facebook. C'est étrange cette manière d'agir… Mais revenons à notre sujet : pourquoi avoir fait tant d'histoires au guichet si vous n'aviez rien à cacher ?

– Je n'avais rien à cacher mais rien à dévoiler non plus ; c'est une question de vie privée en quelque sorte…

– Allons, allons, mademoiselle Asunçion, la vie privée est une anomalie depuis au moins cinquante ans ; comme si vous ne le saviez pas ! Nous sommes en 2069, tout de même ! Les murs qui autrefois séparaient les hommes n'existent plus et c'est une bonne chose – tout le monde en convient. Auriez-vous un problème avec les parois de verre qui ont remplacé ces murs ? Qui me dit que votre attitude extravagante ne cache pas quelque chose ?

– C'est moi qui le dis, monsieur l'inspecteur.

– Vous conviendrez que c'est insuffisant ; surtout de la part d'une personne responsable d'un esclandre public. J'ai cliqué sur votre dossier tout à l'heure. L'ordinateur m'a signalé que vous utilisez très rarement votre carte bancaire…

– Le moins possible, oui…

– C'est une manie, cette conduite hors norme ?

– C'est ma façon à moi de rester libre, monsieur l'inspecteur.

– Libre ? À quoi faites-vous allusion ? Vous l'êtes plus qu'on ne l'a jamais été, mademoiselle ! Tout ce qui vous est offert, carte bancaire comprise, contribue à la commodité de votre existence, donc à votre liberté, c'est manifeste… J'ai plutôt l'impression que vous n'aimez pas laisser de traces – et ça, c'est quand même bizarre. Cela justifie notre petite conversation.

– Toutes mes traces m'appartiennent, si vous voulez savoir ce que je pense. Il n'y a que les animaux pour les laisser derrière eux… Je ne vois pas pourquoi des tas de gens que je ne connais pas auraient la possibilité de tout savoir sur moi, et moi rien sur eux… Et puis, disons que ma liberté commence avec mon autonomie – et vos soi-disant commodités réduisent à rien l'une et l'autre…

– Je vois, je vois… Vous filez un mauvais coton, vous savez ? Ça me rappelle un procès auquel j'ai assisté comme enquêteur il y a deux ans : un ancien alpiniste qui continuait à faire le malin malgré l'interdiction de son métier. C'était un Italien, je crois. J'ai oublié son nom ; un type à risque, en tout cas. Celui-là aussi refusait de faire comme tout le monde.

– J'ai lu son affaire dans les journaux, monsieur l'inspecteur. Alors, je suis allée le voir en place de grève à Milan il y a six mois ; ce n'est pas très agréable d'être exposé devant les passants avec un carcan sur les épaules.

– Que voulez-vous, c'est la règle : impossible de plaisanter avec ça. Le public doit être édifié.

– En tout cas, il riait quand les gens se moquaient de lui.

– Tiens donc ! C'est étrange, vraiment… Je ne pourrai jamais comprendre les gens de cette sorte – ou de la vôtre, d'ailleurs… Mais cessons de nous égarer. Revenons à votre affaire de traces. Si vous n'avez rien à vous reprocher, quelle importance cela peut-il avoir que l'on sache où vous allez et quand ? C'est tout aussi anodin que de savoir dans quel restaurant vous dînerez demain et à quelle heure, le cinéma où vous vous rendrez un peu plus tard, et ce que vous achèterez le jour suivant dans je ne sais quel magasin… Que l'on vous connaisse par cœur peut servir à tout le monde, vous savez ; c'est ça qui importe : vous avez votre utilité, vous contribuez aux besoins de la société, vous n'êtes plus dans la solitude. Et puis, de nos jours, on ne s'appartient plus, c'est comme ça… Pourquoi faire tant d'histoires ? C'est votre dignité qui serait menacée si on savait tout de vous ?

– En quelque sorte, monsieur l'inspecteur. À propos, je ne connais pas votre nom.

– Hernandez ; je m'appelle Antonio Hernandez.

– Monsieur Hernandez, pourquoi toutes ces choses anodines dont vous parlez ne resteraient-elles pas ma propriété puisqu'elles m'appartiennent ? C'est moi seule qui devrais décider à qui je les donne et à qui je les refuse. Vous n'êtes pas d'accord avec moi ?

– Ne cherchez pas à m'influencer, mademoiselle Asunçion. En vérité, cet aspect du problème n'a guère d'intérêt ; c'est votre comportement qui pose question. En outre, d'après votre dossier, vous envoyez très peu de courriers électroniques. À peu près cent fois moins que la moyenne des consommateurs…

– Et pourquoi devrais-je en envoyer beaucoup ?

– Mais, tout le monde communique, ma jeune amie.

– Et si je préférais avant tout communiquer avec moi-même ? Pourquoi devrais-je gaspiller mon temps ou me le faire voler ?

– Je pourrais rire de vos propos ; ou croire des choses beaucoup plus gênantes… Par exemple, que vous cherchez à conserver du temps de cerveau disponible pour des pensées condamnables. Est-ce que par hasard, vous voudriez être une sorte de… comment dire… pensée qui se pense…

– Vous me faites trop d'honneur, monsieur l'inspecteur.

– Parce que ça a existé autrefois, à ce qu'on dit… Dois-je croire alors que converser d'abord avec vous-même plutôt qu'avec les autres vous procure le sentiment de vous appartenir ?

– C'est vous qui faites des histoires, maintenant… Je refuse tout simplement de communiquer à tort et à travers ; ce n'est pas difficile à comprendre, tout de même.

– Communiquer est une valeur en soi, mademoiselle Asunçion, une preuve d'ouverture sur les autres. Chacun sait cela depuis longtemps : vous semblez avoir du retard…

– Moi, à haute dose, ça m'enferme de communiquer ; ça m'empêche de penser. Laissez-moi tranquille.

– Tranquille ? Distrayez-vous un peu et tout ira mieux.

– C'est encore un crime de ne pas vouloir me distraire en permanence de moi-même et de ce que je suis ?

– Certes non ; mais ce n'est pas normal. Pas dans la norme, je veux dire.

– Qu'est-ce que vous voulez que je réponde à une réflexion pareille…

– Oh rien… En fait, il n'y a rien à répondre… Le problème, c'est que j'ai extrait de votre dossier quelques-uns de vos courriels de ces dernières années. Assez significatif, je dois dire… Mes algorithmes font un travail de choix.

– Vous gardez tout et ne jetez rien, n'est-ce pas, monsieur Hernandez ?

– Tout peut servir, mademoiselle Asunçion. La preuve : ces courriels cernent assez bien votre personnalité. Dans l'un, adressé à une certaine Marion, vous écrivez : "Ma chère amie, comme je suis heureuse que nous ayons décidé de ne plus *skyper* ; nous ne nous sommes pas vues depuis deux ans et nos retrouvailles de la semaine prochaine vont être pleines d'émotion. J'ai hâte de te voir." C'est délirant, non ?

– Peut-être. Mais comment faire autrement pour préserver l'intensité des choses vraies ?

– En fait, je comprends votre charabia ; tous vos autres courriels sont du même genre, d'ailleurs – et démontrent qu'il va m'être difficile de vous convaincre. Peu importe. Passons à l'examen de votre téléphone portable. C'est un modèle plutôt archaïque. Avec ça, vous ne pouvez pas rester connectée ; ça frise l'illégalité.

– Je téléphone et envoie des SMS. C'est un délit de se limiter à ça ?

– Certes non, encore une fois ; simplement, ça ne se fait pas non plus. On pourrait penser, là aussi, que vous avez des choses à dissimuler…

– Je ne veux pas être encombrée d'un tas de choses inutiles et je ne tiens pas non plus à parler pour ne rien dire ; pourquoi devrais-je perdre le peu de temps que la vie m'accorde à échanger sur tout et n'importe quoi avec n'importe qui ?

– Je vous trouve bien prétentieuse, mademoiselle Asunçion – et en fin de compte, très renfermée sur vous-même. Vos discours datent des années 2000.

– Ils ne datent pas, monsieur l'inspecteur Hernandez : ils sont de tous les temps.

– Je vois ce que vous voulez dire ; mais on n'en est plus là. Dans le fond, vous m'amusez. En fait, vous ne voulez rien partager par principe : vous voulez choisir. C'est toujours un peu suspect de vouloir systématiquement choisir ; et pas très productif. Cela discrimine beaucoup de monde. Mais passons sur cet égoïsme… Toujours d'après votre dossier, vous naviguez très peu sur Internet. Pourquoi donc ignorez-vous la Toile à ce point ?

– J'y vais quand cela m'est utile, monsieur Hernandez. Mais c'est de plus en plus difficile de trouver des diamants parmi les ordures.

– Insinueriez-vous, par hasard, qu'Internet est un vaste égout ? Prenez garde, ma jeune amie.

– Je pose juste une question : a-t-on déjà vu pareille bouillie de vérités et de mensonges mélangés ensemble ? C'est tout.

– Au moins, je vous remercie de ne pas avoir ajouté que c'est le lieu de tous les complots et de la désinformation générale de tout le monde par n'importe qui ; j'aurais été obligé de transférer votre dossier à qui vous savez.

– Je n'ai effectivement rien dit de tel ; je sais me tenir quand il faut.

– Tant mieux, mademoiselle Asunçion ; vous m'évitez de sombres perspectives. Mais j'aimerais vous entendre déclarer qu'Internet et son espace de liberté permettent un accès si prodigieux au savoir que le reste est sans importance. Veuillez le dire, s'il vous plaît.

– Si vous voulez.

– À la bonne heure ! Alors, pourquoi n'en profitez-vous pas ?

– Je vais quelquefois dans cette soupe, monsieur l'inspecteur ; mon dossier vous le signale, d'ailleurs. Mais j'y vais avec des bottes et une lampe torche.

– Je sais, je sais… Cependant, même ainsi, vous déployez je ne sais combien de ruses pour limiter les traces de vos navigations.

– Je m'y efforce, monsieur Hernandez. Mais je ne gagne jamais.

– La vie est ainsi faite, que voulez-vous… Et des tas de gens surfent sur Internet à longueur de journée sans faire d'histoires…

– Arrêtez de me parler des animaux domestiques, vous êtes pénible à la fin.

– Votre prétention d'animal sauvage est stupéfiante : je n'ai jamais rien vu de tel… J'imagine que ça explique pourquoi vous êtes inexistante sur Facebook et les autres réseaux sociaux.

– Cela me plaît d'être difficilement joignable, voyez-vous. On a les satisfactions qu'on peut ; et puis, je n'ai pas envie d'exposer mon intimité à la terre entière. Ni de voir celle des autres en permanence : c'est gênant.

– Ne parlez pas encore de vie privée, s'il vous plaît.

– Je voulais juste parler d'intimité.

– Quand on est net et clair avec les autres, comme avec soi-même, on n'a pas besoin d'intimité ou de vie privée ; c'est désuet. Une pareille libération de la solitude est sans prix.

– Je ne parlais pas de solitude, monsieur Hernandez ; vous ne comprenez décidément rien à rien. J'ai des amis, vous le savez très bien.

C'est effectivement ce que signalent mes algorithmes ; mais vous auriez bien davantage d'amis si vous communiquiez, échangiez, partagiez. Dix milliards d'hommes et de femmes ne demandent qu'à être vos confidents.

– Dix milliards c'est beaucoup, monsieur l'inspecteur. Avoir autant d'amis que j'ai de doigts à mes deux mains me suffit. J'ai mis du temps à y parvenir.

– Votre pessimisme est aussi suspect que tout le reste, mademoiselle Asunçion. Mais je lis de mieux en mieux dans vos pensées ; si vous restiez connectée en permanence comme tout un chacun, vous auriez l'impression que… comment dire… qu'on aspire votre moelle, c'est ça ?

– Non, monsieur l'inspecteur, pas ma moelle ; comment dire, moi aussi… Mon âme ?

– Pas de grands mots, je vous prie. Il y a une utilité profonde à ce que chacun dévoile tout ce qu'il a dans son esprit – cela sert à tous les autres, je vous l'ai déjà dit et ce n'est plus à démontrer. C'est pourquoi vous devriez montrer un peu plus de transparence dans le futur ; vos interrogations saugrenues disparaîtraient pour ainsi dire mécaniquement. Vouloir penser par vous-même ne vous rendra pas plus libre ; c'est du passé tout ça.

– Que voulez-vous, je ne peux pas m'en empêcher.

– Faites quand même un effort avant qu'il ne soit trop tard… Mettez sur la voie publique vos goûts, vos désirs, vos pensées, vos actes et tout le reste. Ils seront utiles aux autres, je le redis par souci de votre avenir : soyez transparente autant que n'importe qui et vous n'aurez plus aucun problème.

– Le viol des foules s'appelle transparence, de nos jours. Il n'y a plus de limites.

– Comme vous y allez ! De la provocation maintenant ?

– Je suis fatiguée, monsieur l'inspecteur.

– Quoi qu'il en soit, notre petite conversation a eu son utilité. Je vous cerne complètement désormais. Et j'ai dans l'idée que vous pensez que tout le monde surveille tout le monde à travers nos parois de verre…

– Même pas. C'est ça qui est dépassé ; les gens comme vous savent tout de moi, je ne sais rien d'eux, voilà l'affaire.

– Hum… Je crois qu'un petit suivi psychologique vous ferait le plus grand bien. Votre esclandre de tout à l'heure pourrait déboucher sur une conclusion malheureuse, vous savez ?

– Tous vos psychologues n'entreront pas là où je ne veux pas qu'ils entrent.

– Ne parlez pas de liberté intérieure, mademoiselle Asunçion, votre cas s'aggraverait d'office… Ne me provoquez pas, vous ne faites pas le poids.

– Je sais…

– Je me demande si je ne vais pas vous envoyer quelque temps en centre d'isolement complet… La loi m'y autorise dans un cas comme le vôtre.

– Mon corps sera prisonnier, voilà tout.

– Vous pensez qu'on ne peut rien contre vous ?

– Vous pouvez tout sur ce qui vous paraît important, monsieur Hernandez ; rien sur ce qui m'est essentiel.

– Si je vous envoie devant le tribunal correctionnel et que vous répétez ça, vous allez écoper d'un bon paquet d'années d'exposition publique – comme votre ami l'alpiniste italien… Mais je suis d'un naturel clément ; je vous ferai plutôt interner en centre de rééducation.

– Je me sens déjà internée à vie, monsieur l'inspecteur.

– Internée à vie dans le monde qui est le nôtre ? Votre conclusion m'intéresse prodigieusement, mademoiselle Asunçion. Je vois d'un coup ce que doit être, en fait, votre punition pour cet esclandre à la gare et les pensées que vous avez osé exprimer devant moi. Je ne vais pas vous faire le plaisir d'une condamnation qui vous retirerait de ce monde ; oh non… Je vous condamne au contraire à y retourner sur-le-champ pour y souffrir le reste de vos jours – et sans autre forme de procès…

L'arche de Noé, saison 2

À Cyril Aouizerate

Rappel historique : *Le 8 août 2016, les Nations Unies annoncèrent, statistiques à l'appui, qu'à partir de ce jour précis, l'humanité commençait à consommer davantage de ressources naturelles que la planète ne pouvait en fournir, créant un déséquilibre jamais vu. Les pays les plus riches étaient les premiers responsables de cette situation alarmante ; toutefois, les pays pauvres comptant bien rattraper leur retard pour satisfaire la demande de bien-être matériel de leurs milliards d'habitants, l'avenir se présentait sous un jour sombre. Certains en déduisirent que la planète courait à la catastrophe si rien n'était fait pour contenir la progression exponentielle de la population terrestre et son consumérisme galopant.*

Davaa Kushi était un jeune démographe mongol de trente-six ans faisant déjà autorité au sein de la communauté scientifique internationale. En cette année 2121, il travaillait en grand secret dans son laboratoire d'Oulan-Bator sur un sujet demeuré tabou depuis 2016 et l'annonce des Nations Unies de l'époque : le rapport rationnel entre la surpopulation et ses effets mécaniques sur l'ensemble des problèmes rencontrés par l'humanité : pauvreté, pollution, guerres, émeutes, crimes de masse…

Davaa Kushi appartenait à un petit groupe d'experts se dénommant entre eux les « démographes enchaînés ». C'étaient des gens dénués de sectarisme et d'idéologie ; ils considéraient leur spécialité sous son angle purement logique : la terre étant un système clos de ressources non renouvelables, il était manifeste que plus le nombre d'individus partageant ces ressources se faisait grand, moins importante devenait la part de chacun ; à leurs yeux, si la terre était restée au niveau du milliard d'hommes qui l'habitait au début du XXe siècle – ou même aux cinq milliards l'ayant peuplée quelques décennies plus tard –, tous auraient pu accéder à la prospérité sans conséquences graves pour l'environnement ; et ils n'auraient eu aucune nécessité à lutter entre eux pour accéder à l'ensemble des biens matériels.

Davaa Kushi était inquiet. La terre venait de passer le seuil préoccupant des douze milliards d'habitants et, contrairement aux prévisions optimistes formulées par les experts, ce chiffre ne cessait de croître : plus de trois cents millions d'excédent de naissances par an. En dépit de cette évidence, la question de l'expansion de la population restait un problème inabordable officiellement ; les Nations Unies Universelles refusaient toujours d'en faire un enjeu central des négociations internationales traitant des problèmes environnementaux, économiques, politiques ou militaires.

Néanmoins, dans les coulisses de ces grand-messes mondiales, deux camps de spécialistes conscients des urgences s'affrontaient : ceux qui appelaient de leurs vœux une vaste guerre mondiale pour réduire drastiquement la population et ceux qui plaidaient pour la levée du tabou démographique afin de permettre une régulation des naissances, pacifique mais stricte, au sein de tous les pays – avant de laisser faire à nouveau la nature lorsque le nombre d'habitants aurait été réduit de manière conséquente.

Davaa Kushi et ses amis des « démographes enchaînés » appartenaient à la seconde catégorie. Ils s'étaient organisés en secret afin de mettre au point des solutions acceptables pour l'ensemble des nations et venaient d'achever leur état des lieux pour 2121 avec une inquiétude définitive et effrayante : la terre étouffait littéralement sous la pression de l'espèce humaine.

Une réunion clandestine les rassembla le 6 mars de cette année-là à Jayapura en Nouvelle-Guinée occidentale – lieu suffisamment éloigné des centres de décision pour ne pas attirer l'attention de la PMU. Ils y avaient invité les membres les plus importants du comité exécutif du « Réseau Sénèque » – dont aucun démographe ne connaissait les noms réels, mais qu'ils étaient néanmoins parvenus à contacter l'année précédente afin de trouver des alliés sûrs pour mener leur combat.

Ce fut Davaa Kushi qui leur fit lecture du rapport de son équipe.

« Messieurs, commença-t-il, nous ne devons pas y aller par quatre chemins. Il faut que vous soyez informés sans détour de la situation. L'état des lieux que nous avons établi est catastrophique. Le voici : ce que nous appelons la "guerre de l'eau" est à son paroxysme au Moyen-Orient – contrairement à ce que l'on veut nous faire croire ; les Turcs, du haut de leur château d'eau géologique, assèchent littéralement leurs voisins immédiats ; la situation est identique dans le califat d'Égypte qui accapare la plus grande partie des eaux du Nil, notamment au détriment du royaume soudanais ; des situations similaires existent en maints autres endroits du globe dont il serait trop fastidieux de faire la liste. La “guerre des poissons” nous inquiète au moins autant ; elle fait rage dans tous les pays riverains des océans et des mers intérieures – la surpêche, quoi qu'on en dise, n'a jamais pu être contrôlée efficacement. La situation n'est pas plus brillante en ce qui concerne la “guerre de l'énergie” et la non moins âpre “guerre des matières premières” : le pétrole manque partout, le gaz ne suffit plus, l'acier devient difficile à trouver, les métaux rares ont pratiquement disparu. Le développement des énergies renouvelables s'est révélé insuffisant pour combler les besoins des douze milliards d'humains actuels et, comme vous le savez tous, ces besoins ne cessent de croître avec une inconséquence suicidaire. Inutile de préciser, à ce propos, que les Nations Unies Universelles sont toujours incapables de résister aux pressions des lobbies commerciaux qui voient d'un mauvais œil le développement de ces énergies nouvelles et trouvent leur avantage dans l'augmentation vertigineuse des prix. »

Davaa Kushi s'interrompit pour laisser les dirigeants du « Réseau Sénèque » méditer ses paroles. Puis, il reprit :

« C'est à peine si l'on peut se réjouir de la stabilisation de la “guerre des vivres”. La demande exponentielle de nourriture a été certes résolue par l'exploitation intensive des terres agricoles et l'extension soutenue de l'élevage – mais la limite est atteinte ; l'appauvrissement des sols, comme la désertification, s'aggravent chaque jour sans rémission. Dans le même temps, le dérèglement climatique a provoqué des ravages dont on ne peut plus mesurer les conséquences à long terme. Les résolutions prises de décennie en décennie pour lutter contre le réchauffement de la planète n'ont jamais été entièrement appliquées, contrairement à ce que prétendent les rapports officiels. Moyennant quoi, les tremblements de terre et les tsunamis ont été multipliés par deux et les typhons par trois – sans parler de leur puissance qui ne cesse d'augmenter. On ne sait trop si la recrudescence des éruptions volcaniques est liée à ces phénomènes, mais c'est une hypothèse qu'on ne peut écarter. D'autre part, la montée des eaux sur les côtes des continents a déjà jeté des dizaines de millions de réfugiés vers le centre des terres et bon nombre d'entre eux se sont déplacés des zones les plus chaudes vers les plus froides, provoquant des heurts d'une rare violence avec les habitants de ces régions préservées. Voilà, vous savez l'essentiel. Nous avons calculé que si tout continue ainsi, la terre craquera comme un œuf trop plein avant dix ans – et il s'ensuivra à coup sûr un conflit général et définitif entre les peuples pour l'accès aux dernières ressources naturelles. »

Davaa Kushi fit une nouvelle pause, rangea la synthèse de son rapport dans sa sacoche et déclara :

« Considérant qu'il n'y a plus rien à faire – même pour sauver ce qui peut l'être encore – nous avons élaboré avec mes collègues des "démographes enchaînés" un plan de sauvetage de l'espèce humaine pour le jour où surviendra ce grand cataclysme ; c'est un plan audacieux et quelque peu désespéré – nous l'admettons volontiers. Aussi l'avons-nous baptisé "Opération Armageddon". Et nous sollicitons votre appui pour mettre en œuvre cette opération. »

Les humanistes combattants du « Réseau Sénèque » prirent connaissance avec attention de cet étrange projet que les « démographes enchaînés » leur présentèrent dans les moindres détails. Ils y donnèrent leur assentiment, mais avec réticence. L'« Opération

Armageddon » présentait d'innombrables problèmes techniques et soulevait surtout des points litigieux sur le plan éthique. Cependant, si l'affrontement généralisé des hommes se produisait bientôt – telle la « conflagration universelle » avant le retour du même, à laquelle croyaient les anciens stoïciens –, il n'y avait sans doute aucune autre alternative. Il fallait tenter cette opération de la dernière chance.

La réunion secrète de Jayapura s'acheva sur cette décision.

Afin de préparer le plus soigneusement possible ce qui allait suivre, Davaa Kushi et ses camarades s'attachèrent dès le mois suivant à recenser l'ensemble des peuples de la planète disposant d'une culture propre. Après avoir écarté d'office – et à regret – une multitude de peuplades déjà en voie de disparition, ils parvinrent au chiffre de 1 026. Ce travail préliminaire achevé, 2 052 résistants clandestins du « Réseau Sénèque », originaires des cinq continents, prirent la relève. Ils se constituèrent en 1 026 groupes de deux personnes, et sous des prétextes divers, se rendirent chez les 1 026 peuples sélectionnés ; ils y effectuèrent de longues recherches afin de choisir dans chacun de ces peuples le couple répondant le mieux à des critères drastiques élaborés par le comité exécutif du « Réseau Sénèque » : jeunesse, éducation, formation professionnelle, intelligence, « parcours médicaux de vie » parfaits, et surtout, capacité à réengendrer leur culture.

Pour des raisons de confidentialité évidentes, on n'apprit rien de l'« Opération Armageddon » aux couples élus ; on leur demanda seulement d'adhérer à une « Union des Représentants de la Société Civile des Cultures du Monde » établie à Toronto, l'une des bases secrètes les plus efficace du « Réseau Sénèque ».

L'objectif officiel de cette URSCCM, créée pour l'occasion, était d'organiser des rencontres périodiques entre ses 2 052 membres dans le but d'échanger sur leurs différents modes de vie. Les 2 052 résistants qui les avaient sélectionnés étaient leurs parrains ; ils participeraient eux aussi à l'« Opération Armageddon » avec le groupe des « démographes enchaînés » et un millier d'autres membres du réseau.

Ces préparatifs demandèrent deux longues années d'intense labeur ponctuées d'innombrables opérations de diversion pour égarer sur de fausses pistes la Police Mondiale Universelle. Tout fonctionna à merveille ; la PMU n'eut jamais vent de rien malgré les moyens considérables qu'elle déployait pour en finir avec les dissidents du « Réseau Sénèque ».

Quand on fut certain que rien n'avait transpiré, un membre éminent de la direction opérationnelle de l'« Opération Armageddon » – un certain Philipidès, natif du Péloponnèse – prit le relais. Il avait pignon sur rue en matière d'armement maritime et se procura un paquebot de croisière de 5 000 places ; cela fait, il créa la CIET – « Compagnie Internationale de l'Écotourisme », basée à Ushuaia en Terre de Feu. Le paquebot fut baptisé du nom de *Némésis*, son équipage recruté parmi les membres du « Réseau Sénèque » et, un mois plus tard, il entreprit ses premiers déplacements éducatifs entre les canaux de Patagonie, le détroit de Magellan et le cap Horn. Pour ne pas éveiller l'attention, Philipidès affilia la CIET à l'Office mondial de l'écotourisme et passa des accords commerciaux avec la compagnie « Amour de la nature » et son fantastique avion solaire ; ensemble, ils mirent au point des déplacements conjoints sur la grande spire de déchets du Pacifique. L'affaire fut si rondement menée que les consommateurs affluèrent en nombre – et aucune autorité ne se douta de quoi que ce soit.

Enfin, on acheta en toute légalité l'île de l'Éléphant, située entre le cap Horn et la pointe de l'Antarctique. Cette terre hostile et froide, utilisée jadis par les baleiniers du XIXe siècle, n'avait rien d'attrayant ; c'était cependant l'endroit du monde le plus sûr et le plus habitable que l'on ait pu dénicher pour affronter un jour la grande conflagration. On construisit sur cette île perdue une base-vie entièrement autonome, suffisante pour 5 000 personnes, et le *Némésis* en fit son port d'attache officiel.

Trois ans après la réunion de Jayapura tout se trouva prêt. Le dossier de l'« Opération Armageddon » fut enfermé dans un coffre à Toronto, les membres du projet retournèrent à leurs activités normales, et l'on espéra ne jamais avoir à ouvrir le coffre.

Dix années passèrent. La planète comptait maintenant treize milliards d'habitants ; néanmoins, elle tenait bon : les guerres étaient encore contenues dans des limites acceptables et les innovations technologiques – comme les adaptations humaines aux situations extrêmes – laissaient naître quelque espoir, même chez les « démographes enchaînés ». Toutefois, la dégradation de l'environnement et le dérèglement climatique avaient atteint de tels sommets que les élèves des écoles n'avaient d'autre choix que de se plonger dans des films historiques pour découvrir ce qu'avait été la douce vie naturelle de leurs ancêtres.

Et puis, le 3 mars 2134, une tempête tropicale d'une ampleur jamais atteinte prit naissance dans le golfe du Mexique ; elle remonta en une parabole tourbillonnante vers l'Amérique du Nord et ravagea tout sur son passage. Le lendemain, deux typhons s'installèrent au large de la Colombie, là où on n'en avait jamais vu ; l'un derrière l'autre, ils descendirent jusqu'en Argentine, poussant devant eux des vents d'une puissance inouïe. Peu de choses restèrent debout après eux. Le surlendemain, trois ouragans se créèrent dans des lieux différents : la mer de Chine, l'Australie, et le golfe du Bengale. Chacun de ces ouragans prit une direction différente et détruisit absolument tout devant lui ; le jour suivant, quatre nouveaux typhons surgirent au large de l'Afrique occidentale, en Méditerranée, dans la Corne de l'Afrique, et à l'intérieur de la Manche. Rien ne leur résista. On dénombra en tout plus d'un milliard de victimes sur les cinq continents.

Une semaine après ces dévastations sidérantes, ouragans, typhons et tempêtes s'apaisèrent d'un coup, presque par magie ; cependant, les pluies diluviennes qu'ils avaient portées dans leurs flancs redoublèrent d'intensité sans que l'on puisse trouver d'explication à ce phénomène parfaitement anormal.

Dès le 8 mars 2134, conscients que l'heure était venue, le comité exécutif du « Réseau Sénèque » et tous les membres des « démographes enchaînés » s'étaient réunis à Toronto. À vingt heures, ils avaient ouvert le coffre où se trouvaient les plans de l'« Opération Armageddon » et s'étaient tenus prêts.

Le 17 mars, constatant l'accroissement des pluies – sans que le moindre vent se lève à nouveau –, ils donnèrent l'ordre au *Némésis* d'appareiller vers la côte ouest de l'Amérique du Sud avec à son bord les 2 052 « parrains » de l'URSCCM et tous ceux qui étaient impliqués dans l'opération. Le plan de route du *Némésis* était précis ; il devait remonter jusqu'en Amérique du Nord, gagner l'Asie orientale par le détroit de Béring et descendre ensuite vers la Chine et l'Australie ; de là, il poursuivrait vers l'océan Indien avant de faire le tour de l'Afrique pour rejoindre l'Europe. Cela fait, il rentrerait directement à l'île de l'Éléphant.

Dès l'appareillage du *Némésis*, la direction de l'URSCC envoya des messages aux 1 026 couples sélectionnés treize ans plus tôt sur les cinq continents ; ces messages leur enjoignaient de rejoindre sans délai, et par leurs propres moyens, des points précis situés au plus près des côtes correspondant à leurs lieux d'habitation ; ils devaient y attendre leurs parrains comme ils le pourraient et suivre ensuite aveuglément leurs directives pour être acheminés vers un port d'embarquement.

1 014 couples accusèrent réception du message et annoncèrent qu'ils se mettaient en route. On considéra les 12 couples manquant à l'appel comme perdus – et l'on jugea miraculeux qu'il y en eût si peu.

Entre ce 17 mars 2134 qui vit l'appareillage du *Némésis*, et les quatre mois qui suivirent, il ne cessa pas un instant de pleuvoir sur la terre entière ; l'eau monta partout, débordant des fleuves et des rivières. À nouveau, des centaines de millions d'hommes, de femmes et d'enfants périrent noyés. Les barrages les plus solides rompirent leurs digues et d'innombrables villes et villages furent submergés. Les plus grandes cités côtières disparurent.

Partout, on tenta de s'organiser pour lutter contre ce chaos sans fin – mais tout fut vain. Les survivants grimpaient dans les montagnes, se réfugiaient sur les hauteurs de leurs régions, se regroupaient sur le moindre îlot de terre. Cependant, l'eau montait toujours.

Au cours de ces quatre mois dantesques où le ciel resta noir sur terre comme sur mer, le *Némésis* accomplit sa mission à la perfection. Sur chacune des côtes situées au plus près des points de regroupement établis pour les 1 014 couples, il débarqua les « parrains » chargés de les récupérer. Le courage de ces derniers fut sans limite ; surmontant mille épreuves, ils parvinrent presque tous à rejoindre leurs protégés et à les ramener à bord. 92 de ces « parrains » périrent dans l'aventure ; 13 couples subirent le même sort.

Lorsque, le 12 juillet 2134, le *Némésis* retrouva son port d'attache de l'île de l'Éléphant, 1 001 couples, 1 960 « parrains », 999 résistants du « Réseau Sénèque » et 14 membres des « démographes enchaînés » se trouvaient à bord. Ils prirent possession des installations préparées pour eux et commencèrent leur nouvelle vie.

Quatre-vingt-dix jours plus tard il pleuvait toujours sans rémission.

Enfin, au septième mois du grand cataclysme, les 4 975 hommes et femmes de l'« Opération Armageddon » assistèrent avec horreur et sidération à la montée définitive des eaux : toutes les terres existantes, sauf l'île de l'Éléphant, se trouvèrent englouties.

Quelques millénaires plus tard, au tout début de l'année 10214, l'eau, après avoir graduellement baissé, retrouva son niveau des années 2000. Au cours de cette longue décrue, les rescapés de l'île de l'Éléphant avaient donné progressivement naissance à un milliard d'humains qui s'étaient dispersés sur les terres au fur et à mesure de leur émergence et de l'apparition d'une nouvelle végétation. La planète comptait 1 001 peuples dont les cultures se transmettaient de génération en génération – et aucune d'elles n'oubliait le cataclysme originel. On l'enseignait dès la naissance.

Mille ans plus tard, les deux milliards d'hommes et de femmes issus de l'« Opération Armageddon » avaient à peu près repris la place de leurs ancêtres sur chaque continent – et chaque civilisation avait retrouvé son niveau d'autrefois ; les progrès scientifiques et technologiques étaient incessants, les arts et les lettres florissants, l'économie et le commerce en pleine expansion. Les guerres étaient peu nombreuses et les instances internationales chargées de les contenir, très efficaces. Le grand traumatisme de l'année 2058 ne se trouvait plus inscrit dans les livres d'histoire que comme une légende lointaine.

Il y avait à cette époque-là dans l'ancienne Mongolie, en 11212 précisément, un démographe du nom d'Oleg K. L'histoire ne dit pas s'il était le descendant direct de Davaa Kushi, mais c'était un homme fort peu dans l'air du temps ; ses travaux portaient sur le seuil critique de population à ne pas dépasser pour permettre à chaque citoyen de subvenir à ses besoins de manière juste et équitable pour tous, sans menacer les ressources naturelles de la terre. Il prônait une sage régulation des naissances très en amont de ce seuil critique qu'il avait établi à cinq milliards d'humains. Cependant, la question démographique était un tabou dans toutes les instances de décision ; le mot « surpopulation » n'était jamais prononcé dans les grandes conférences mondiales chargées du règlement des problèmes économiques, climatiques ou militaires. Celui de « démographie » était uniquement autorisé pour la publication des statistiques officielles.

Le 21 janvier 11213, Oleg K. publia dans la revue scientifique *Nature et développement* un long article argumenté faisant état de ses travaux et sonnant l'alarme : si l'on ne voulait pas connaître un nouveau cataclysme avant un siècle ou deux, il fallait agir sans tarder.

Le 15 février de la même année, l'organe central de la coopération scientifique internationale le révoqua de son poste pour révisionnisme.

La traversée de Paris

À Khaled Issa

Toute ressemblance avec les événements survenus en Syrie dans les années 2015 ne saurait être qu'exagérée.

La réunion du 2 décembre 2041 se tenait sur le territoire des « Autochtones de Paris », l'ancien 14ᵉ arrondissement, entièrement reconquis et fortifié jusqu'aux environs de Montparnasse. Prenaient part à cette réunion importante Michel Jolibois, coordinateur des relations extérieures et du renseignement, Jacques Maisonneuve, chef des forces armées, et Jacqueline Crèvecœur, directrice du département technique et financier – depuis la mort au combat de Pierre d'Entregent, elle avait hérité de ces deux fonctions.

Tous les trois se trouvaient debout autour d'une table, dans l'une des caves du sous-sol de la rue de la Tombe-Issoire renforcée de sacs de sable et de plaques d'acier. Sur la table on avait placé une grande carte de Paris éclairée par des bougies.

Objet de la réunion : ouvrir une voie d'accès vers le nord pour porter secours au « Bataillon des Congolais de France » retranché porte de Clignancourt. Le messager que ces derniers avaient envoyé la veille était parvenu jusqu'à eux par miracle : sans l'aide des

« Camerounais du Christ Rédempteur » installés à l'ouest de la rue d'Alésia et venus à sa rencontre, il aurait fini dépecé par les fanatiques de la « Force Irakienne des Libertés » qui dominait le couloir du boulevard Sébastopol en appui de la « Confédération Sportive des Hooligans Unifiés ». Fort heureusement, les Irakiens devaient contenir les assauts incessants des Africains de l'« Association des tirailleurs Sénégalais anti-esclavagistes » dont le bastion s'étendait du quartier de Château-Rouge à celui de Château-d'Eau. Quant aux Hooligans Unifiés, ils avaient fort à faire avec la « Brigade Militaire des Artistes Peintres » bunkérisés sur leur flanc ouest et fortement soutenus par le « Groupe Armé des Traders et Spéculateurs Réunis ».

La teneur du message envoyé par les Congolais était claire : ils ne pouvaient plus garantir l'intégrité de leur secteur face aux offensives incessantes que les Algériens du « Groupement des Djihadistes Français » lançaient contre eux depuis trois jours : les munitions manquaient, les vivres aussi, et l'eau comme les médicaments se faisaient rares. Les islamistes recevaient des renforts constants depuis la Belgique par la route de Lille tombé sous leur contrôle deux mois plus tôt – alors qu'eux se trouvaient encerclés. Il leur fallait absolument un soutien plus direct des « Autochtones de Paris » qui avaient maintenu leurs routes d'approvisionnement par le sud avec les « Autochtones de France » regroupés dans l'Ariège. Les Congolais faisaient une fois de plus appel à leur foi catholique commune pour demander à leurs alliés de ne pas les abandonner dans ces circonstances tragiques.

Les « Autochtones de Paris » avaient décidé de répondre favorablement à cette requête malgré leur propre situation ; si les Congolais craquaient, eux-mêmes auraient à supporter tout le poids des fondamentalistes algériens. Nul ne savait où cela pourrait mener. Le gouvernement replié à Bordeaux leur avait demandé de tenir aussi longtemps que possible en attendant les renforts en cours de regroupement dans les campagnes ; toutefois, il faudrait du temps aux « Légions de la Renaissance et de la Reconquête » pour être opérationnelles car on ne pourrait compter avant longtemps sur les membres des anciennes forces militaires ; presque tous avaient rejoint les différentes milices qui s'étaient constituées par affinité lors de la propagation foudroyante des émeutes générales de 2039.

Après une année de guerre sans merci, la situation en région parisienne s'était stabilisée de manière moins confuse : toute la zone de Saint-Denis, au nord du périphérique, était logiquement tombée entre les mains des Algériens de l'« État Islamique en Occident », associé au « Groupement des Djihadistes Français ». Ils en avaient chassé les musulmans marocains des « Shérifs de La Mecque » et les laïcs tunisiens de la « Fédération du Drapeau des Peuples » après avoir massacré tous les Kabyles. Ces derniers s'étaient trouvés pris de court pour organiser leur milice ; sur le papier, elle avait porté le nom de « Sabre de la Libre Kabylie » avant de disparaître au bout de quelques semaines.

Les survivants de ces trois communautés s'étaient barricadés dans le 20e arrondissement et l'avaient transformé en forteresse ; ils s'étaient alliés à quatre autres milices : le « Régiment d'Honneur des Hommes en Surcharge Pondérale » – qui bougeait peu de ses positions –, la « Cohorte des Sourds-Muets d'Alsace » – que l'on n'entendait jamais récriminer sur leur situation désespérée –, les Chinois du « Confucianisme

Éternel » – d'un calme toujours exemplaire – et les Vietnamiens des « Brigades de la Résistance Orientale ». Malgré leur petite taille, ces deux dernières formations étaient parfaitement structurées et armées ; ensemble, elles avaient repoussé les Érythréens du « Cimeterre d'Allah » tentant de faire la jonction avec les Algériens depuis leur fortin de la porte de Bagnolet.

À l'ouest se trouvait le carré des catholiques intégristes organisés dans la « Phalange des Croisés de Montjoie », à laquelle prêtait main-forte la « Brigade Internationale de la Foi » venue d'Europe de l'Est. Ils étendaient leur pouvoir jusqu'à la porte de Champerret ; leur état-major avait pris place dans l'ancienne caserne des sapeurs-pompiers occupée précédemment par les « Forces Armées de l'Amicale des Auvergnats de Paris » – qui avaient dû se replier dans le 12e arrondissement. Désormais, la « Phalange des Croisés de Montjoie » et ses alliés faisaient directement face au groupement militaire des « Anciens Réfugiés Syriens de la Grandeur de Dieu » contrôlant le sud de la porte de Clichy.

Au centre de Paris s'était retranché le « Front des Nationalistes Corses » ; ils étaient arrivés six mois plus tôt de l'île de Beauté pour renforcer les combattants très déterminés, mais peu nombreux, du « Régiment des Bonapartistes Français ». Ces deux milices, reconnues pour leur panache, occupaient les ruines de Notre-Dame et avaient promis sur leur drapeau à tête de Maure de ne jamais les abandonner. Les Corses bénéficiaient de l'appui indéfectible de la « Ligue Armée de la Libération Féminine » dont les meilleurs éléments tenaient farouchement l'intégralité de l'île de la Cité.

Plus au sud s'étaient regroupées les forces de la « Fierté LGBT » ; elles maintenaient leur emprise sur le quartier du Marais face au « Bataillon de la Charia » qui avait juré leur perte ; ce bataillon hétéroclite rassemblait des Pakistanais venus de Grande-Bretagne, des Bengalais en rupture de ban avec les Algériens, des Indonésiens égarés, et même des transfuges tunisiens. Les combats étaient d'une rare férocité mais la « Fierté LGBT » pouvait compter sur l'appui de ses voisins immédiats de l'« Association Armée pour la Promotion du Handicap en Chaise Roulante » dont les membres ne reculaient jamais dans les combats pour des raisons connues de tous.

Les communistes de l'ancien PCF tenaient le grand est de Paris avec l'appui d'une compagnie de volontaires russes venus de Moscou ; ensemble, ils encerclaient les résidus de la « Brigade des Chiites Afghans d'Île-de-France » ; ces derniers se tenaient cois depuis des mois, cherchant une porte de sortie pour rejoindre leurs frères de Fontainebleau qui disposaient d'un territoire sécurisé.

De leur côté, les Juifs de la « Synagogue Éternelle » occupaient la zone de Montrouge, alliés au « Groupement du Syndicat des Ouvriers de l'Ancienne France ». À eux deux, ils contrôlaient les quartiers du sud-est de Paris jusqu'au périphérique.

Enfin, l'« Alliance des Peuples Souverains Combattants », composée d'une myriade de petites minorités regroupées pour survivre, s'était taillé un territoire autour de la gare de Lyon ; cette alliance disparate menait une intense activité diplomatique pour maintenir un semblant d'équilibre en son sein.

Dans la cave de la rue de la Tombe-Issoire où se tenait la réunion des responsables des « Autochtones de Paris », l'ambiance était à l'inquiétude. Jacques

Maisonneuve prit la parole le premier, penché sur la carte de Paris :

« Si nous lançons nos trois bataillons d'assaut par les boulevards de Vaugirard et l'avenue du Maine vers le nord, nous pouvons atteindre la porte de Clignancourt dans la journée ; surtout si nous demandons à nos alliés de faire diversion partout : les Corses au Châtelet, les Chinois pour contenir les renforts érythréens qui ne manqueront pas d'arriver par l'est, et les filles de la ligue féministe dans le sud afin de leurrer les anciens réfugiés syriens. On peut aussi compter sur les LGBT pour détourner l'attention du "Bataillon de la Charia" dans leur secteur. Mais on ne pourra rien obtenir de la "Phalange des Croisés de Montjoie" dans l'immédiat ; ils attendent visiblement notre échec pour étendre leur influence sur notre secteur. Quant aux communistes et au "Groupement des Syndicats Ouvriers de l'Ancienne France", leur position n'est pas claire en ce moment. Mon avis est qu'ils roulent pour eux.

– Et du côté des musulmans marocains des "Shérifs de La Mecque" ? s'inquiéta Jacqueline Crèvecœur. On pourrait les rallier en ce moment ?

– C'est fort possible ; les islamistes commencent à les effrayer pour de bon. Je vais leur envoyer un message. Ils pourraient faire diversion depuis le 20e arrondissement avec quelques escarmouches peu coûteuses en vies humaines ; en face, ils croiraient à une préparation d'assaut dans ce secteur – cela nous serait bien utile... »

Michel Jolibois demanda avec un soupir : « Et que fait-on avec le "Ministère de la Paix Multiculturelle et de la Pacification du Genre" ? Le dircab du ministre a encore envoyé un message hier, exigeant que nous entamions des négociations. C'est un gouvernement de fous. Aucun ministère n'est d'accord avec son voisin. »

Jacqueline Crèvecœur haussa les épaules : « Bordeaux, c'est loin, mon vieux ; ils ne se rendent pas compte de la situation ici. Négocier quoi, d'ailleurs ? Ce que demande le "Parti des Musulmans de France" à Marseille ? C'est de l'enfumage... Ils ne feraient qu'une bouchée de nos alliés africains ; ensuite, ce serait le tour de nos camarades musulmans et après ça, le nôtre...

– Il faut aussi tenir compte de la direction du "Réseau Sénèque", reprit Maisonneuve. Elle demande que nous fassions tout pour cesser les hostilités sans pour autant abdiquer sur l'essentiel. Comment est-ce possible ? Et ils disent la même chose à toutes les milices : c'est intenable. Ces gens-là sont pris dans leurs contradictions.

– Si au moins ils avaient monté leur propre milice, ajouta Jolibois ; avec leurs millions de résistants, ça aurait fait la différence depuis longtemps. Mais non, il faut qu'ils s'en tiennent à leurs fichus principes... »

Il y eut un silence. Toutes les têtes étaient penchées sur la carte et la lueur fauve des bougies creusait des rides monumentales sur chacun des trois visages ; enfin, Jacques Maisonneuve dit :

« Toutefois, l'assaut de nos trois bataillons me semble prématuré ; nos camarades congolais ne sont pas prêts à se lancer sur le périphérique pour bouter les Algériens hors de Saint-Denis. Quand nos troupes auront atteint leur réduit, que feront-elles ? Nous serons pris au piège. Il faut d'abord aider les Congolais à s'organiser.

– Tu as raison, admit Jacqueline Crèvecœur ; envoyons d'abord un commando d'instructeurs. Quand ils jugeront les Congolais parés, nous attaquerons. Ce commando peut partir dès demain.

– Ça ne va pas être simple pour lui d'atteindre la porte de Clignancourt, fit remarquer Maisonneuve. Les obstacles ne manquent pas…

– En passant de zone alliée en zone alliée, nos hommes devraient réussir, insista Jacqueline Crèvecœur ; je peux leur fournir les équipements nécessaires pour faire ça de nuit : il me reste un stock de jumelles de vision nocturne et un autre de lunettes infrarouges.

– Sans doute, intervint Jacques Jolibois d'un ton préoccupé ; mais je dois vous prévenir de quelque chose d'embêtant : j'ai reçu ce matin un message de nos amis de l'"Association Armée pour la Promotion du Handicap en Chaise Roulante". Ils ne bougent pas beaucoup de leur secteur, mais ils sont diablement bien renseignés, avec des indicateurs dans toutes les milices et la plupart des communautés. Le chef de leurs services secrets vient d'apprendre que les terroristes de l'"État Islamique en Occident" ont reçu une nouvelle arme de destruction massive par leur réseau belge. »

Jolibois ne parlait jamais pour ne rien dire et c'était un homme particulièrement compétent en matière de renseignements. Maisonneuve s'alarma :

« Tu crois que c'est du sérieux ? Une arme plus dangereuse que les convois de camions piégés qui nous ont attaqués il y a deux ans ? »

C'était l'explosion, le même jour, de trente de ces engins diaboliques un peu partout dans Paris qui avait déclenché la guerre.

« Je le crains, grogna Jolibois ; peut-être est-ce une arme chimique… Les Algériens ont encore assez de drones pour pulvériser des gaz dans tous les quartiers qui leur sont hostiles ; et ils se fichent pas mal de mourir si le vent tourne et ramène cette cochonnerie chez eux. Ils ont hâte de profiter des soixante-douze vierges qui les attendent dans leur paradis… Mais ce peut être aussi une arme bactériologique. On connaît ça… Notre réseau d'eau est très vulnérable. À partir des pompes qu'ils contrôlent, ces salopards pourraient balancer de l'anthrax à l'intérieur – ou n'importe quel virus. »

Il y eut un nouveau silence. Jacqueline Crèvecœur finit par pousser un soupir : « Cette arme peut être n'importe quoi d'autre ; ces barbares n'ont pas de limites.

– En tout cas, il faut absolument découvrir ce que c'est, déclara Jolibois d'un ton sans réplique : c'est la priorité. Envoyons ce commando ; mais donnons-lui une seconde mission – prioritaire sur la première : établir le contact avec les quelques agents que j'ai envoyés grenouiller dans les instances dirigeantes de l'État Islamique. Ce sont des Algériens d'une loyauté sans faille ; de vrais laïcs. Et d'excellents comédiens. Eux pourraient apprendre ce qu'est exactement cette arme – s'ils ne le savent pas déjà. Et où elle se trouve.

– Très bien, conclut Maisonneuve. Faisons ainsi. J'envoie des messagers à tous nos alliés contrôlant les accès vers la porte de Clignancourt : le temps presse. »

Le commando fut constitué le soir même. Son commandement fut confié à un autochtone corse, un certain Dumé Caromani, descendant d'un bandit d'honneur fort réputé dans son pays ; il s'occuperait de la liaison avec les bonapartistes quand le commando traverserait leur secteur. Son adjoint se nommait Rachid Boumedienne – autochtone algérien férocement anti-islamiste –, secondé par l'assimilé volontaire Diop Abdullah, ancien Mauritanien natif de Nouadhibou. Tous deux se chargeraient des négociations pour le passage des territoires musulmans alliés. Les quatre autres membres du commando étaient l'intégré N'Guyen Yao, l'inséré Mamadou N'Kolo, et les autochtones de Paris Jean Dupond et Pierre Martin.

Dumé Caromani reçut cinq millions d'équivalent argent pour payer les inévitables taxes de passage dans les secteurs amis, et Crèvecœur les équipa de son matériel le plus sophistiqué.

Le 3 décembre 2041 à la nuit tombée, les sept hommes, lourdement armés, se faufilèrent à travers les chicanes de la dernière barricade dressée face à la gare Montparnasse – qui n'avait pas vu circuler un train depuis deux ans – et progressèrent en direction du Châtelet ; ils rasèrent les murs du no man's land les séparant de la première ligne du « Bataillon de la Charia » dont les avant-postes étaient disséminés entre les rues du Départ et de l'Arrivée. Tout n'était que ruines autour d'eux : poteaux électriques abattus jusque dans les moindres ruelles, amoncellements de décombres et de gravats, voitures et camions incendiés, immeubles écroulés sur eux-mêmes. Ces obstacles les obligeaient sans cesse à sauter, ramper, escalader.

Bientôt, ils laissèrent derrière eux la silhouette sombre et lugubre de la tour Montparnasse aux trois quarts démolie par les canons de la « Phalange des Croisés de Monjoie » lorsqu'elle en avait délogé une unité des « Shérifs de La Mecque » ; ils s'engagèrent avec prudence dans les ténèbres de la rue de l'Arrivée.

C'est là qu'ils repérèrent une patrouille d'une dizaine d'hommes appartenant à l'« Alliance des Peuples Souverains Combattants ». Ils les surprirent par-derrière, engagèrent le feu avant eux, les anéantirent en quelques secondes, et firent leur jonction avec un détachement du « Front des Nationalistes Corses » venu à leur rencontre. Escortés par eux, ils passèrent devant les restes de Notre-Dame dont les immenses cloches jonchaient encore le parvis de la cathédrale, et se réfugièrent au cœur de l'île de la Cité ; ils étaient maintenant sous la protection des unités d'élite de la « Ligue Armée de la Libération Féminine ».

Après deux heures de repos, ils repartirent vers le nord ; des rumeurs de bataille leur parvinrent de l'est ; à l'ouest rougeoyait un incendie qui colorait le ciel zébré de balles traçantes. Manifestement, on se battait au cœur de la zone des LGBT et dans celle des anciens réfugiés syriens. Les diversions avaient commencé.

Au niveau de la rue Étienne-Marcel, ils tombèrent dans une embuscade tendue par des éléments avancés de la « Force Irakienne des Libertés ». Le combat fut rude, bref et violent. Le commando dut se résoudre à abandonner sur le champ de bataille le corps sans vie de Jean Dupond – coupé par une rafale de mitrailleuse – mais put se dégager sans trop de peine pour rejoindre les « Camerounais du Christ Rédempteur » arrivés en renfort. Après les embrassades d'usage, le commando repartit. Le temps pressait : il restait encore à franchir un îlot de résistance composé d'Érythréens du « Cimeterre d'Allah » cramponné à un pâté de bâtiments conquis un an plus tôt.

Avec les Érythréens, on ne pouvait pas lésiner : il fallait passer en force. Parvenu devant leur position, Dumé Caromani posta ses hommes de part et d'autre de la rue de Cléry, le long de murs troués de balles comme des broderies surréalistes, et inspecta les défenses ennemies avec ses jumelles de vision nocturne. La rue était barrée sur deux mètres de hauteur par des rangées de sacs de sable ; des merlons placés en chicane empêchaient tout passage de véhicule. Il utilisa son appareil infrarouge pour déterminer le nombre d'hommes se trouvant derrière la barricade de sacs de sable : vingt et un exactement. Aucun ne bougeait. Les Érythréens étaient de féroces combattants mais peu disciplinés. La plupart devaient dormir.

Les « Autochtones de Paris » se rapprochèrent en rampant – et à vingt mètres de la barricade se lancèrent à l'assaut sans un cri, baïonnette au canon ; ils furent sur le sommet des sacs de sable en quelques secondes et mitraillèrent tout ce qu'ils purent. Surpris, les combattants du « Cimeterre d'Allah » se ressaisirent néanmoins très vite et ripostèrent. La mêlée fut confuse. Quand le silence revint, Dumé Caromani compta quinze ennemis hors de combat et six blessés. Trois de ses hommes avaient été tués : son adjoint Boumedienne, l'intégré N'Guyen Yao et l'inséré Mamadou N'Kolo. En examinant les lieux, il découvrit plusieurs dizaines de têtes décapitées, plantées à la queue leu leu sur les grilles d'un jardin. Il acheva au pistolet les blessés érythréens : on ne pouvait faire moins en ces temps difficiles.

Les rescapés du commando poursuivirent leur route aussitôt après : plus qu'une zone de no man's land à franchir et ils parviendraient au réduit des Congolais.

Ce fut cette fois une affaire sans histoires ; les trois hommes atteignirent le territoire ami à quatre heures du matin après une dernière marche à travers des monticules de gravats.

Ils avaient réussi leur traversée de Paris.

Ils se firent reconnaître de loin par les mots de passe convenus à l'avance avec les Africains et auxquels ils devaient répondre :

« Gevrey !

– Chambertin !

– Romanée !

– Conti ! »

Ils furent accueillis par des cris de joie et retrouvèrent la chaude atmosphère des catholiques modérés. Ils avaient soif et faim. On les conduisit à la cantine improvisée de la rue du Simplon ; ils y découvrirent une section d'Algériens du groupuscule des « Nord-Africains Indépendants » fêtant leur sauvetage de la veille par les Congolais. Ils buvaient une caisse de bière récupérée Dieu sait où et la partagèrent avec les trois survivants du commando des « Autochtones de Paris ». On chanta quelques marches militaires et on termina sans peine la caisse de bière.

À cinq heures du matin, Désiré Domogou, chef des forces armées du « Bataillon des Congolais de France », se présenta à la cantine et étreignit avec émotion Dumé Caromani : « Enfin, vous voilà, mon frère, dit-il. Grâce à votre appui, nous allons bouter hors de Saint-Denis tous ces forcenés retranchés derrière le périphérique.

– Comptez sur nous, mon général. On va organiser tout ça et trois de nos bataillons seront bientôt là. En attendant, j'aimerais jeter un œil sur le dispositif des islamistes – dès le lever du jour, si vous le voulez bien. De surcroît, je dois vous prévenir qu'ils disposent depuis peu d'une arme de destruction massive dont nous ignorons tout ; nous possédons des agents infiltrés de l'autre côté et je dois prendre contact avec eux. »

Désiré Domogou hocha la tête d'un air soucieux : « Ce doit être un énorme canon à longue portée – genre "Grosse Bertha" comme en avaient les Allemands en 1914. Mes éclaireurs ont signalé la présence de quelque chose de ce genre au niveau de l'avenue Michelet.

– Alors, il faut détruire au plus vite ce canon ; pourrez-vous nous faire conduire au matin à l'endroit exact d'où vos hommes l'ont repéré ?

– Sans aucun problème, mon frère. Pour le moment, on va attendre ensemble la fin de la nuit ; j'ai apporté une bonne bouteille de scotch… »

Le petit matin n'était pas tout à fait levé lorsque Dumé Caromani, l'assimilé volontaire Diop Abdullah et l'autochtone de Paris Pierre Martin atteignirent la dernière ligne de défense congolaise située devant les glissières du périphérique. Trois miliciens dépenaillés les avaient guidés dans le méandre des postes de combat et des casemates dressés de guingois à tous les carrefours.

Ils s'installèrent derrière un parapet troué d'éclats d'obus et patientèrent jusqu'aux premiers rayons du soleil, face à l'avenue Michelet noyée d'un vague brouillard.

Lorsque le jour parut, Dumé Caromani sortit de la douce léthargie dans laquelle il avait sombré, entre fatigue, bière et scotch : il se redressa par-dessus le parapet. Rien qu'à l'œil nu, il distingua immédiatement le canon dont lui avait parlé Désiré Domogou. Il devait être énorme pour se voir d'aussi loin. Il prit ses jumelles :

« Nom d'un chien ! s'écria-t-il aussitôt. Mais ce n'est pas un canon, bordel ; c'est une putain de fusée, oui ! »

L'engin pointait son nez vers le ciel – tout noir et menaçant dans les jumelles de Caromani. À cet instant précis, un énorme panache de fumée blanche jaillit sous la fusée ; elle décolla lentement sous les yeux médusés du Corse, traversa les premiers nuages et réapparut un instant plus tard, tombant vers le sol.

Dumé Caromani trouva juste le temps de répéter : « Nom d'un chien, c'était une putain de fusée ! » avant que l'explosion nucléaire ne le réduise en cendres et lumière comme tout le reste de Paris.

L'éternel retour

À Valérie Labadie

Marion Kabakov sortit de la bouche de métro Saint-Germain-des-Prés et huma l'air du printemps avec une joie profonde ; son bonheur était identique à celui qu'elle avait ressenti dix ans plus tôt lorsqu'elle était venue inaugurer le quartier, en octobre 2134. Cela lui semblait si loin maintenant…

Elle traversa la rue Bonaparte à pas lents, appuyée sur sa vieille canne-épée, souvenir de bien des combats, et s'arrêta devant le kiosque à journaux se trouvant non loin du « Café de Flore. » Elle acheta *Libération* et parcourut rapidement les titres. Elle n'y trouva que de bonnes nouvelles : syndicats et patronat étaient tombés d'accord la veille sur les augmentations de salaire des différentes branches d'activités, les tensions entre Juifs et Arabes dans les territoires palestiniens avaient disparu après un nouveau plan de paix entre les deux parties, et la lutte contre le chômage se révélait un succès remarquable avec seulement 0,5 % de sans-emploi.

Elle glissa le journal dans son sac à main et poursuivit son chemin vers « L'Écume des pages ». Parvenue devant la librairie, elle contempla la vitrine un long moment sans pouvoir retenir son émotion : les textes des grands anciens étaient exposés avec une élégance rare : Verlaine côtoyait Aristote, Romain Gary Épictète, et l'on n'avait oublié ni le grand Nikos Kazantzakis, ni Hemingway, ni tous ceux qui comptaient pour avoir, en leur temps, fouillé les tréfonds de la condition humaine.

Elle entra et son émoi redoubla à la vue des milliers de livres empilés sur les tables : ce spectacle la bouleversa. Elle parcourut les allées à la recherche du texte qu'elle pourrait offrir à sa petite-nièce pour son anniversaire et s'arrêta sur une édition du *Désert des Tartares* de Buzzati, illustrée d'un splendide dessein de Moretti retrouvé trois ans plus tôt dans les archives secrètes du « Réseau Sénèque ».

À la caisse, le vendeur la reconnut et refusa tout paiement – il achèterait le livre de sa poche, dit-il, en gage de reconnaissance pour son action passée ; il ajouta que le bonheur n'avait pas de prix et Marion Kabakov accepta le cadeau d'un lent mouvement de tête qui fit ondoyer ses longs cheveux blancs.

Elle ressortit, le livre sous le bras, et resta devant la porte de la librairie à contempler le ciel bleu ; aucun drone ne surveillait le boulevard Saint-Germain et elle n'aperçut pas une seule caméra de vidéosurveillance. Elle sourit en songeant aux terribles temps anciens de sa jeunesse où, pauvre ingénieur atomicienne au laboratoire de Boulogne-Billancourt, elle devait se faufiler entre les murs pour tenter d'échapper aux regards des algorithmes et de leurs contrôleurs humains.

Elle décida de s'octroyer quelques instants de détente à la terrasse du « Flore » et se dirigea vers le café d'un pas tranquille. Elle avait le temps désormais ; plus personne n'avait besoin d'elle, et à quatre-vingt-dix ans passés, elle méritait bien un peu de repos de temps à autre.

Elle s'installa à une table libre et commanda un tango panaché au serveur en blouse blanche et tablier noir. Celui-ci aussi la reconnut, voulut lui offrir sa consommation, mais cette fois, Marion Kabakov refusa : « Sinon, je ne pourrais pas revenir », lui dit-elle avec un sourire – et elle but son tango à petites gorgées, savourant la douceur du soleil printanier sur sa peau consumée par les combats.

Deux policiers débonnaires la saluèrent respectueusement en passant ; elle répondit d'un geste de sa canne-épée, puis resta à observer les trottoirs où déambulaient en paix des représentants de tous les peuples du monde ; l'attention qu'ils se portaient les uns aux autres ne semblait limitée par rien. Les jeunes filles allaient tête nue dans des robes légères, bras dessus bras dessous, avec des garçons assurés et tranquilles – et aucun « homme augmenté » n'était visible, arrogant et nuisible pour les pauvres hommes normaux comme jadis.

Marion Kabakov ferma les yeux ; Dieu qu'il faisait bon vivre maintenant comme des êtres humains véritables ! Mais que d'efforts et de batailles pour y parvenir... Cependant, on y était : les Nations Unies jouaient pleinement leur rôle au sein d'une humanité réconciliée avec elle-même et les guerres avaient disparu ; l'éducation des peuples à la vie commune était parfaite et la maîtrise de la démographie par autodiscipline n'avait jamais été aussi efficace. La dégradation de l'environnement avait cessé, la nature était préservée, les nouvelles technologies étaient redevenues de simples outils de travail dont on écartait avec discernement les côtés néfastes. La surveillance généralisée d'autrefois avait été également supprimée et l'avenir s'annonçait radieux.

Marion Kabakov était sur le point de s'assoupir lorsqu'un vieux Sénégalais surgit soudain devant elle, tout voûté et ridé, masquant le soleil de son ombre : « Marion, s'écria-t-il avec une joie non dissimulée, c'est moi, N'Diaye ! Tu ne m'as pas oublié quand même… »

La vieille dame ouvrit les yeux et un nouveau trouble serra son cœur, venu de très loin : « Mon vieux N'Diaye, fit-elle en balbutiant presque, ce n'est pas possible ! Mais que fais-tu là ? Je te croyais encore à ton poste de directeur d'Interpol à Genève. Assieds-toi, veux-tu, et raconte-moi. »

Ils s'étreignirent avec affection, embrassant leurs joues ridées à trois reprises comme au bon vieux temps de leurs combats communs au sein de la direction du « Réseau Sénèque ». N'Diaye s'installa sur la chaise libre à côté de Marion.

« Un autre tango panaché », commanda-t-il au serveur d'un grand geste joyeux.

Le tango panaché avait toujours été la boisson préférée des membres du réseau à l'époque de leur clandestinité.

« Alors, interrogea Marion, comment est-ce que ça se passe pour toi ? Je ne t'ai pas vu depuis au moins cinq ans… »

N'Diaye partit d'un grand rire : « Je n'ai plus de boulot, Marion ; terminé. Je suis au chômage technique depuis huit mois. La criminalité est toujours voisine de zéro et on s'ennuie ferme dans les bureaux d'Interpol. J'ai pris un peu de congé, Paris me manquait ; et toi, que deviens-tu ? »

La vieille dame haussa les épaules : « Oh, moi, tu sais… Un éditeur m'a proposé d'écrire mes Mémoires – mais j'hésite… J'aimerais profiter pleinement des dernières années qui me restent à vivre ; nous avons assez consacré de temps aux autres, tu ne crois pas ? Alors, me remettre au travail… Je ne sais pas…

– Si tu en parlais aux camarades, proposa N'Diaye, je suis certain qu'ils seraient de mon avis : vas-y, écris, raconte tout…

– Pour quoi faire ? L'essentiel est déjà dans les archives.

– Bien sûr ; mais pas les détails de ce qui a le plus compté dans tout ce qu'on a fait : notre volonté de demeurer libres – ta volonté originelle, ma chère Marion. Si tu n'avais pas démarré le mouvement lorsque tu étais étudiante, nous serions tous restés dans le chaos de notre jeunesse. Personnellement, c'est à toi que je dois d'avoir retrouvé le dialogue intérieur avec moi-même – il y a quarante ans déjà, tu te rends compte… Tu dois raconter toutes ces choses. C'est grâce à toi qu'on a pu commencer. Et il fallait bien une femme pour ça.

– Disons que je vous ai permis de reprendre espoir quand tout semblait perdu, corrigea gentiment Marion ; l'essentiel, vous le connaissiez déjà. » Et elle ferma les yeux en songeant à ses débuts, aux efforts démesurés qu'elle avait dû fournir pour rassembler derrière elle les humanistes combattants du monde entier afin de constituer le futur « Réseau Sénèque ». Ensuite, il y avait eu les premières manifestations contre la montée de l'insignifiance et le retour de la vulgarité, la lutte contre l'extrémisme narcissique portant à la volonté de célébrité la plus indigne, le grand combat contre le crime mondialisé qui les avait obligés à recourir pour la première fois à la violence légitime, et tant d'autres batailles encore…

N'Diaye interrompit sa rêverie : « Mon meilleur souvenir reste quand même ce que nous avons fait contre les transhumanistes… »

Marion Kabakov laissa échapper un petit rire : « C'est vrai. Mais au fond, qui avons-nous vraiment convaincu à l'époque que le progrès technologique n'a de sens qu'accompagné du progrès humain ? Pas grand monde, si tu veux mon avis. S'il n'y avait pas eu la découverte de "Terra Nova", nous en serions toujours au même point… Nous ne vivrions pas ici, dans ce monde dont nous rêvions – mais sans nous raconter des contes de fées. Oui, sans le hasard, nous n'aurions pas pu rebâtir ce qui nous entoure aujourd'hui. »

Ils s'abîmèrent quelques instants dans cette méditation, buvant à petites gorgées leurs tangos panachés ; les gens continuaient à déambuler autour d'eux, des oiseaux passaient en piaillant dans le ciel limpide, et les murmures de la vie heureuse parvenaient jusqu'à eux, mêlés aux cris joyeux des enfants.

« Il faut que tu écrives tes Mémoires, insista N'Diaye au bout d'un moment ; tu dois tout raconter depuis le début, en détail, pour les générations futures. Il faut qu'elles sachent ce qu'elles doivent aux anciens comme nous, à toi surtout ; qu'elles se rendent compte que rien n'est jamais acquis. Sinon, tout pourrait recommencer dans un éternel retour du même, tu le sais bien.

– Tu as raison, approuva soudain Marion ; je me laisse aller à ne rien faire depuis trop longtemps. Nos braves stoïciens, avec leur mystique de l'effort, doivent être mécontents de moi en ce moment. Je vais suivre ton conseil et me mettre à ces Mémoires. Et de ce pas encore… »

Elle se leva d'un air décidé, embrassa N'Diaye en lui promettant de le revoir bientôt, et prit la direction de son petit appartement de la rue du Pont-de-Lodi, sa vieille canne-épée à la main. En chemin, elle rassembla ses idées ; elle revit ce jour du mois d'avril 2103 où l'observatoire de « Las Estrellas », acharné à réparer sa faute, avait enfin découvert la planète à laquelle s'étaient adressés les mystérieux extraterrestres dont l'existence avait chamboulé l'humanité pendant près d'un siècle. Cette planète avait la taille exacte de la Terre et on l'avait aussitôt baptisée « Terra Secunda ». Sans attendre, une mission spatiale avait été mise sur pied pour l'explorer ; très excitée, Marion n'avait guère eu de mal à se faire recruter dans l'équipage, jouant de sa qualité d'ingénieur atomicienne de renom. Trois hommes et deux autres femmes l'accompagnaient.

En ce temps-là elle avait quarante ans et le « Réseau Sénèque » – qu'elle avait créé de toutes pièces un soir de cafard – comptait déjà plusieurs millions de résistants clandestins répartis sur tous les continents ; ils se montraient actifs dans l'ensemble des domaines où l'humanisme était attaqué sous couvert de modernité – mais le combat piétinait. Marion Kabakov n'aurait jamais imaginé que cette mission spatiale allait tout changer.

Car en atterrissant sur « Terra Secunda », elle et ses compagnons avaient été pris d'une panique métaphysique : cette incroyable planète comportait les mêmes continents que la Terre, les mêmes fleuves, les mêmes déserts et montagnes, des océans identiques, une atmosphère en tout point similaire – et les plantes comme les animaux y étaient parfaitement semblables.

Seuls manquaient les hommes. C'était proprement inimaginable.

Marion Kabakov avait immédiatement compris tout le parti qu'elle pouvait tirer de cette découverte si elle demeurait inconnue des Nations Unies Universelles : « Terra Secunda » pouvait devenir le havre futur de tous les résistants…

Sans trop de peine, elle avait réussi à convaincre ses camarades astronautes de la rejoindre au sein du « Réseau Sénèque » et de tout dissimuler aux autorités. Avec beaucoup d'ingéniosité, ils tronquèrent leurs rapports, modifièrent les images renvoyées à la Terre depuis leur vaisseau et altérèrent chimiquement les échantillons collectés.

Une fois revenus de leur voyage, ils déclarèrent aux Nations Unies Universelles que « Terra Secunda » était inhabitable et ne comportait aucune trace de vie malgré les apparences. Les preuves qu'ils ramenaient étaient indubitables. Le dossier fut classé et on oublia officiellement l'histoire.

Les instances dirigeantes du « Réseau Sénèque » rebaptisèrent la planète « Terra Nova » et le projet de la repeupler avec des millions de résistants commença à voir le jour – et d'autant plus vite que la Terre plongeait dans le chaos.

Très vite, Marion Kabakov et ses camarades décidèrent qu'ils rebâtiraient « Terra Nova » à l'identique de l'ancienne Terre – moins tous les défauts que l'histoire leur avait enseignés. Des milliers d'ingénieurs et de scientifiques appartenaient au réseau : on les mit clandestinement au travail.

Il fallut dix ans pour construire les vaisseaux nécessaires à la « grande migration » ; des stratagèmes inouïs furent imaginés pour tout organiser dans le plus grand secret et cacher aux autorités la fonction réelle de ces vaisseaux. Ce furent dix années de travail acharné, d'espoirs, de doutes et de découragement. Tout ce temps, ils furent soutenus par le spectacle affreux que leur offrait le reste de l'humanité tombée dans un abandon si total de toute éthique que cela frisait l'apocalypse. Manifestement, la fin était proche.

Puis le grand jour était arrivé ; laissant les Nations Unies Universelles dans la stupeur, les résistants du « Réseau Sénèque » s'étaient envolés vers l'espace sidéral à bord de dizaines de milliers de vaisseaux. Et c'est depuis les profondeurs de l'univers qu'ils avaient assisté avec une immense tristesse à la « conflagration générale » qui, en un seul instant, avait fait disparaître la Terre sous leurs yeux.

Avec toute l'énergie qui les caractérisait, Marion et les siens avaient fait de « Terra Nova » le paradis humain qui avait tant motivé leur action. Ils n'avaient rien laissé au hasard et en vingt ans étaient parvenus à recréer ce qu'avait été la Terre d'autrefois, mais purgée de ses erreurs anciennes.

Marion Kabakov parvint devant chez elle comme le jour tombait ; avant de pousser le grand vantail bleu du numéro 5 de la rue du Pont-de-Lodi où elle habitait au troisième étage, elle eut un regard attendri pour les lieux. Elle s'était attachée personnellement à la reconstruction des 5e et 6e arrondissements de Paris : par nostalgie. Sur l'ancienne Terre, à l'époque de ses études, elle avait fréquenté la plupart des cafés de ces deux arrondissements et y avait connu ses premières amours. Elle retint une larme en se disant qu'elle pouvait être satisfaite du résultat.

Elle prit l'ascenseur pour monter chez elle, fit chauffer un peu de thé, et s'installa dans son bureau.

Elle débuta le premier chapitre de ses Mémoires avec un bonheur lumineux, laissant courir sa plume sur le papier. Lorsqu'une horloge lointaine frappa les douze coups de minuit, elle s'assoupit.

Une sonnerie stridente la tira brutalement de son rêve. Hébétée de sommeil, elle regarda sa montre : six heures du matin. Elle alluma, terrorisée ; elle était allongée dans le lit de sa chambre d'étudiante à l'Institut Atomique de Boulogne-Billancourt et la caméra du plafond la fixait comme l'œil de Caïn dans sa tombe.

Kurdistan (Irak, Syrie) – été 2016
Paris, République dominicaine – printemps 2017

Table

DU MÊME AUTEUR

(suite)

Récits

L'Exode vietnamien – Arthaud

Ils ont choisi la liberté – Arthaud

Paona (avec A. Boinet et D. Lagourgue) – Éditions de l'Archipel

La Folle Équipée – Robert Laffont, J'ai lu

Quatre du Congo & *Terre farouche* – in *Premières Expéditions* – Points

Qui a bu l'eau du Nil & *Raid Papou* – in *Grandes Traversées* – Points

Trois ans sur la dunette – Plon, Points

Avant la dernière ligne droite – Arthaud, Points

Mourir pour Kobané – Éditions des Équateurs, Perrin/Tempus

Patrouille au Groenland – Grasset – à paraître

Albums

Chasseurs d'horizon – Filipacchi

« La Boudeuse » en Amazonie (avec N. Clérice) – *Glénat*

La vie que j'ai voulu – Seuil – à paraître

Patrice Franceschi et « La Boudeuse » – de Valérie Labadie – Seuil, Points

RÉALISATION : IGS-CP À L'ISLE-D'ESPAGNAC
IMPRESSION : CPI FRANCE
DÉPÔT LÉGAL : FÉVRIER 2019. N° 140515 (3031240)
IMPRIMÉ EN FRANCE